ふりかえる日、日

めいのレッスン

小沼純一

青土社

ふりかえる日《ひ》、日《び》――めいのレッスン　目次

夏

秋

冬

à H.

めいのレッスン

サイェがくるようになってどのくらいになるだろう。

手がかからなくなったから、と妹、紗枝がときどきしごとにでるようになった。サイェが小学校にはいったときのことだ。にいさんほとんど家にいるから、と、「ベビー・シッター」を押しつけるにはほかの誰より都合がよかった。わたしはひとりみだったし、断る理由もなかった。

サイェは学校の帰りにやってきて、挨拶をする。おやつを食べる。すこしおしゃべりしたあとは、ソファでひとり、よほど寒くないかぎりは窓をすこしあけ、そのままでいる。かまわなくていいからね、と紗枝にはいわれているので、素知らぬ顔で、こちらはしごとをつづける。

なにかしているようにはみえない。眠っているわけでもない。ただ、ひとりきりで、いる。

尋ねたことはある。

つまらなくない？

サイェはくびをふり、大きな瞳を一回ゆっくりととじ、ちょっと、ほほえむ。だい、じょう、ぶ。「だ」と「じょ」がすこしだけつよく、「い」や「ょう」にむかって小さくなって、くちびるのさきだけで金魚があわをはくように、ほとんど音にならない「ぶ」、できえる。パソコンのそばにくることもある。わたしの手元や画面をみたりはしない。ただそこにいて、しばらく、目をとじる。それも、かなりのあいだそのまま、で。

ひと月ほどたって、しごとがすこし楽になった。サイェと仲良くなりたい、とはきっと口実で、わたしがサイェにかまわれたかったのかもしれない。なにしてる？　どう、あそんでる？

こたえはそっけない。いつもおなじ。おかあさんがやってたことしてる。くりかえし、してる。だけ。

かあさんがしてること？

紗枝が、わたし、の妹が、なにか、していたろうか。

ねえ、サイェ、やってみてくれないかな。かあさんが、それに、サイェがやっていること。

サイェがはじめたのは、なんのことはない、ただ、ちょっと口で音をだしたり、目をつぶったり、てのひらを顔のところどころにあててみたり。どこがおもしろいのか、わからない。さっぱりだ。ときどき発する音は、赤ん坊とかわらない。幼く、退屈な。そうおもえる。

サイェ、ちょっと教えてくれない、それ、なにをしているのかな？

おじさん、きっとそう言うよ、って、おかあさん、言ってた。

うふふ。

おかあさんに、おじさん、むかし、言ったんだって。なにしてるってきいて、おかあさん、やってみせても、おじさん、ぽかんとして、くりかえし、教えてくれ、って。よくわからなかったみたい、って。

あらためてサイェはくりかえす。やってみる。

でも、やるだけでなく、わたしにもおなじようにやるように、と、やってみて、いろんなところがうごいているのをかんじて、きいて、ね。

わたしはやってみる。

ろうそくを、ふ、っと吹き消すようにくちびるをすぼめて「あ」と、「お」と、つづけてみる。

「あ」といってるはずなのに、「お」みたいだったり、いつのまにか変わってしまうくちびるのかたちを、むりやり、もとにもどしたり。

「う」といってびりびりするのをくすぐったくかんじながら、「い」や「え」へとうごかしてみる。

こんどは、くちびる、もっと大きく、ぱっくりあけて、おなじように。

まのぬけたような「あ」。

まのぬけた「あ」をずっとのばしたまま、くびを上下に、右左にゆらす。

「あ」と「お」がまじったような「お」。

「い」でも「え」でもない、あいだの「い」と「え」。

ちょっときみのわるい「う」には、どこか「あ」がかさなっている――わたしは、いつのまにかかんじられるようになっていた。かんじられるみたい、だった。

うがいをするように、のどの音をならしてみたり。

はなに息をとおしてみたり、とめてみたり。

そんなときからだのなかでなっているのは、「ん」、だろうか。

なんでだろう、だらしないとか恥ずかしい、しまりがないとか下品だ、とか、とかとか、いつのまにかだささなくなってしまった、でなくなってしまった音が、いっぱい、ある。からだがどこかいやがっている、どこかしらおっくうになっているときに、ついついだしてきた、でてきた音があったはず。はず、なのに、どこか、おいてきてしまったかんじ。どんなときにだしてたか、じゃなくて、いま、やってみて、そのときのかんじがかえってくる。おもいだす。つかれちゃってもう歩きたくないとすねたとき。味よりもにおいがいやで食べたくないと横むいたとき。なんとはなしに、つめたいけどあたたかい母の二の腕にほっぺたをよせたとき。

そうだった。

生まれたばかりでそんな気などあるわけないのに、妹は妹で、こんなにも小さいのに、おとなよりもずっとゆたかに、音にまみれていたっけ。

ちょっとした身動きでやわらかいからだがたてる、水をたっぷりふくんだような。からだのなかとそとをつないでいるすべての穴をいきいきとひらいたりとじたりさせ。それに、それに。音があるときには、なにかのにおいもちょっとおくれてついてきた。ぷん。ぷぅん、と。妹、きみの、だけじゃない、きみの、そしてわたしのママのにおい。きみが栄養としてとりこみ、もういらなくなってできたもののにおい。


めをつぶる。

かため。もうひとつのめ。かたほうずつ。

はじめは、ぽ、っ、ぱ、っ、と。ゆっくり。

だんだんはやくしていって、ぱちぱち。

それから、ぎゅう、っ、とりょうほうをつよく。

みえなくなる、くらくなる、のから、さっきまでみえていたものがのこっているのに、さっきのなにかがひかっているのがわかるようになり、それだけじゃなく、またたいていたりも。つよいかよわいか、つぶりかたでかげとひかりのかたちがちょっと、かわる。

ほんのすこしだけど、音がしている。メガネでもかけていれば、音をメガネが大きくして、顔に、顔の筋肉に、鼓膜につたえてくれる。

てのひらをときに口に、ときに耳にあてる。

つけたりはなしたりする。

鼻をつまんで、のどのおくから、うなって、みる。


紗枝は変わった子だと、いつも、おもっていた。

兄妹の仲がわるいわけじゃない。でも、ときどき、わたしにはときどきわからない、想像のつかない、ひっかかりを持つ子だった。大人になってからは、こだわりがある、と言い換えてはいたけれど、どことなくがんこなところがのこっていた。

小学校、四年生か五年生になってだったか、どこからか旧字旧かなを教わってきて、もっぱらじぶんの口にする音に注意をはらうようになった。小さいときにたのしんでいたいろいろな音を、人前でださなくなったかわりに、だったかもしれない。

字を書くときには「わいうえを」にしていたけれど、口では、いつでも、ではないにしろ、「わいうえお」ではなく「わゐうゑを」と、とくに「を」は「お」でなく「うぉ」にちかく、だしていた。


いい相手をみつけ、子どもが、サイェが生まれた。

サイェなんて、へんな名だな、だいいち言いにくいじゃないか。何語のつもりなの。

妹は、紗枝は、笑って、いいの、いいの、にいさんはね、とやりすごしていた。サイェの父はといえば、にこにこしているばかりで何を説明するでもなかった。

いまは、この子の名、サイェという名をゆっくり発音してみて、ちょっとした歯や舌のうごきが、言いにくいからよけいにていねいにしなくてはいけないこと、名を呼ぶたびに、どこかひっかかりをもっているから、口先に、この子がそこにいることを感じられる——そんな気が、してしまう。

紗枝はきっと、わたしに、サイェをとおして、とおまわしに、ことばのこと、音のこと、こどものことを伝えてくれた。

サイェは、かわらず、うちにくるとソファのうえでひとり、じぶんのなかにある音を、まわりにある音をきいている。わたしはときどき、そばに行って、サイェとはべつに、勝手に、おなじようなことをやってみる。

いつか、子どもに名をつけるだろうか。つけるとしたら、どんな名をつけるだろう。サイェが、紗枝が、口にするとき、ちょっと微笑んでくれるような名が、つけられると、いいのだけれど。

季節めぐって

サイェとかわしたことばのメモがたまっていた。

読みかえすとどうして書いたのかよくわからなかったものもあるけれど、そういうのはのぞいて、なにかしら忘れずにいたい、これをみればおもいだせるものを、まとめてみる。そこにサイェがいる、それだけのものもある。ことばをかわしていなくても、めいがそこにいてことばをさそっていたからのこしていたのだ、とおもう。

現在形で書いているから、そのときどき、サイェがいくつだったか、何年生だったか、わからなくなっていて、しかたない、おおよそ四季ごとにならべてみよう。時節がはっきりしないのをところどころにはさみこみ。

サイェは大きくなる。そのさまを、とはなっていなくて、十代になるかならないくらいから十代のなかばまでいったりきたりするほぼ十年のさま。

春

ののはな

郊外と呼んでいいのかどうかわからない。わたしの実家、母が戦前から住んでいる家は、この都市のはずれにあって、すこし行くと知らぬ間にべつの区や県になる。足をのばせば家屋こそならんでいるものの、高い建物はなくなり、ところどころにはお寺や郷土資料館、美術館があり、界隈には自然をそのままにのこしている土地があったり、区民の農園があったりする。

サイェとわたしはこうしたところを散歩する。二、三カ月に一度か二度は、歩きながら、とりとめないはなしをする。

ふと、サイェが少し前にもらったこぶりのぬいぐるみのことをおもいだし、訊いてみた。

なまえ、つけた？

——つけた。

なんていうの？

――ないしょ。

まずはないしょ。

サイェさいきんのお得意だ。こちらは声をださずに笑って、そのままに。

かつてよく海外にでていたとき、航空会社ごとに、マスコットのクマが売られているのに気づき、買っていた。

席に座り、落ちつくと、まず、カタログをひろげる。マスコットが、ちいさなぬいぐるみがあると、すこし手のあいたCAが通ったとき、頼んでおく。そうしないと、もともとあまりないのだろう、なくなることがしばしばだったから。集まったクマたちは、妹・紗枝のものになったり、そのまま娘のサイェのものになったり。こちらのてもとには残っていない。

――おじさん、ぬいぐたちになまえつけてた？

サイェに訊かれたのはずいぶん前だ。なんとなく集まってくるぬいぐるみひとつひとつになまえはつけてない。例外的につけたものはあるが、ほとんどはそのまま。ぬいぐはそこにいればいい。それ以上を望まないし、濃厚なつきあいはしない。ひとつひとつになにかを託しているわけでは、とくに、ない。紗枝はどうだったんだろう。ついてるのもあればそうでないのもあるような。わざわざ妹に訊いてもいない。

――友だちでね、のらねこになまえつけてるのがいるんだよ。

かおみしりの？　お互いに知りあっているねこ？

ねこが声をかけてくるニンゲンを知ってるかどうかはわからないよ。

――友だちはちゃんとわかってる。わかってる、って言ってる。べつに餌《え》づけしてるわけでもないけど、近所にいるねこは、友だちが通っていくと、顔をむけて、じっとみる、って。やり方があるみたい。かならずしゃがんで、顔ものぞきこむようにして、目をゆっくり何度かとじたりあけたりする。それでみんなにつけてる、みためで決めてるらしいけど。

そのくらいなら、よくあるのかもしれないな。ほら、おばあちゃんちの前のうちにいるねこたちを、勝手に呼んでいるおばあさんがいるでしょう？　オヤツあげるわけじゃないから、完全に無視したけど。

一緒に歩きながら、そばにはえている草花をのぞきこんだり、ちょっとはじいてみたりするサイェ。しばらく黙ってから、ぽつりと。

——はなになまえつけられたらいいのにな。

ん?

なまえ、ついてるじゃない。あまり知らないけど、カタバミとかタンポポとか。名のないはなはない、って。「雑草という草はない」っていうんだよ。どんな草だって、ちゃんと呼び名もあるし、学名だってある。「はなのののはな/なもないのばな」。

——ちがうちがう。種類じゃなくて、ひとつひとつの、だよ。

つけてるひと、いるんじゃない?　花瓶にあるのとか、植木鉢でプランターで咲いたのとかに、さ。

——そういうのじゃなくて。道を歩いてて、みかけるのにつける。毎日、おなじ道をとおってると、あ、きのう咲いてたヒメジョオンとかハハコグサ、あ、ちがうな、やっぱりタンポポがわかりやすいかな、そういうのが、きょうも咲いてる、っておもう。そんなとき、なまえをつけておいたらな、って。

でも、すぐわからなくなっちゃうんじゃないかな。

——いっぱい、だったら、そうかもしれない。ほら、おばあちゃんちの門柱のとこ、すこし脇のとこに、ひとつだけタンポポ咲いているの、おぼえてるでしょ。ひとつだけじゃなくても、いくつか、だったら……。

サイェはそこまで言うと、ちょっとだけ微笑んで、先を歩いてゆく。そんなふうに考えるのって、あるんだな。めいの後ろ姿をみながら、この子がまわりのはなたちの名を呼び、挨拶してゆくのを、想像してみる。午後の、陽《ひ》の高い時間、それでも、半袖にはまだまだ。

＊ 引用は谷川俊太郎『ことばあそびうた』所収「ののはな」。一行目と四行目。

ゆりねの

サイエ、これ、なんだかわかる？

かつては勝手口と呼んでいた裏口の土間に、ダンボールが積み重なっている。買いおきの果物や野菜が、さもなければちょっとおいただけのあとでべつのところに片づけようとしながらついついそのままになっているものが、はいっている。

サイエとわたし、母は三人でお茶を飲んでいた。それがふと、そうだ、と母は席を立って裏にまわりごそごそと箱を漁《あさ》り、てのひらにおさまるほどのものを持ってきたのである。

ごつごつしている。白い。わたしはすぐにわかる。ゆりねだ。でも、すこし、変化している。サイエは、しばらくじっと見つめ、考えていたけれど、しばらく黙って、ゆっくりくびをふる。ううん。わからない。口にはださなかったけれど。

お正月、おせちにはいってたのよ。厚い花びらみたいになってたの、おぼえてない？　ほんのり甘くて、ほくっとおいもみたいな。

あ。

サイェはくちをあける。小さく声がでる。でもそこでとまる。

ゆ・り・ね。

母がゆっくり発音する。

三月も終わりじゃない。年末に買っておいたの、使い忘れちゃったのが、でてきたの。食べるにはもう芽がでちゃったから、ちょっと、でしょう？　捨てちゃうにしても、まずはサイェにみせてから、って。

母はどうするか決めていた。決めていたはずだった。大抵そうだ。相談するときには決まっている。決めたことを伝える。ところが今回は言おうとしない。こっちの意見を聞こうともしない。しばらくサイェにいじらせたあと、またゆりねをダンボールにしまいに行った。どうするの？　尋ねても生返事。まあ、内緒でやりたいことがあるんだろう。そんなふうにおもっていた。おばあちゃん、どうするのかな。サイェの表情が問いかけてくるが、わたしは口をちょっととがらせるだけで、わからない、を伝える。

サイェは母・紗枝にゆりねのこと、話しもしなかった。祖母の気まぐれをいちいち伝える必要もないとおもったにちがいない。わたしはといえば、なにか、特別な調理法でもどこかで耳にしたのではと考えていた。すぐ忘れてしまったけれど。

二カ月くらいしただろうか、母が電話で言うのである。あした、サイェと来る予定だったでしょ、と。

いつもはこちらから、一緒に行くから、と告げる。そう、とあっさり返されるものの、母は孫が来るのを楽しみにしている。自分から先に確認をすることなどあまりない。いや、あるのだが、そういうときはかならず「何か」あるときだ。

最寄りの駅から歩いて、戸を開ける。一、二歩はいって短い勾配《こうばい》を上がると、右に玄関、左にガラスばりの小さな温室。勾配のわきに植えられている小さな庭木《にわき》には、春、花が咲く。ツツジやボケだ。でもそんな季節はすぎて、とおもっていたら、眼のはしに見慣れない鮮やかな色が。

視線を、眼の焦点をあわせようとしたときには、すでにサイェがむかっていて、呼ぶのだ。

——大きな花、いくつも！

そうだ、温室のわき、下のほうには福寿草が冬に、上のほうはついこのまえまで梅の花が咲いていた、そのあいだあたりに、ひょろりと高い茎が、濃いオレンジに黒いまだらの花が、オニユリの花が、まだこれからもとふくらんだつぼみとともに、咲いている。

大きな花で、こっちを見下ろすように。わざと花の様子をからだ全体で真似してみるが、めいはわたしのそんなおふざけにふっと口のはしを動かしただけで、あらためて花をじっとみつめる。まんなかには長いめしべ、まわりには花弁よりもっと濃い色をした花粉のついたおしべがたっぷり。大きなまだらがほくろのようにある花弁は、大きく曲線を描き、おしべとめしべがとびだしている。

花糸《かし》ははえている奥のところからだんだんほそくなり、花粉をいっぱいにつけたやくを支える。やくは重たいのだろう、ゆらゆらして。まんなかにあるめしべはもっと長く、独特なかたちをした白い柱頭《ちゅうとう》は、ぬれて光っている。

待ちかまえていたのだろう、花に熱心になっているあいだに、母が来ていた。ほら、少し前のゆりね。せっかく芽をだしてるのに捨てるのはもったいないから、植えてみたの。そうしたらあっという間に大きくなって、花まで咲いて。

このユリ、かつて庭に咲いていたことがある。まだわたしが子どもの頃で、こんなに背が高くなることはなかった。いまある温室をまだ祖父がつくっていなくて、すこしはなれた柿の木の下にある小さな花壇に、年に一本か二本、ひょろりとたった茎と大きな花、そしてむかごが記憶にある。あのユリはどこからきたのだったろう。そんなことは考えもしなかった。いやそれだけじゃない。多くのことは気になどしないまま、いつのまにかそこにあるのがほとんどだった。何かがそこにあるのは、いつか、どうにかして、のはずなのに。

食べそびれてしまったけど、かえってこんなに楽しませてもらっちゃって。そうだね。おもいがけない贈りもの、かな。

帰ったら、おかあさんに伝えてね。

大丈夫、まだこんなにつぼみがついてるし、今度は紗枝といらっしゃい。しばらくは咲きつづけるから。

サイェは、大きく、うなずく。そして、おそるおそる手をだし、人差し指でめしべの柱頭にちょっとさわる。指先のねばねばを人差し指と親指で確かめてから、こっちをむいて、小さく微笑む。

ポワソン・ダヴリル

デパートでポワソン・ダヴリルをみつけた。

高名な洋菓子店がデパートに出店しているガラスケースに、さりげなく。四月まではあと半月という頃。

大中小あって、それぞれ三種類、ダーク・チョコレートとホワイト・チョコレート、それにスウィート・チョコレート、外見はおなじだけれどわずかに色の違いがある。

ケースを前にだいぶ悩んだけれど、もっとも無難なスウィートで中くらいのをひとつ。一言だけだが、菓子の由来とフランスの風習を記した説明書きもつけてくれ。

『四月の魚』という映画があった。

軽妙でたあいのないラヴ・コメディーで、よく知られたミュージシャンが、たぶんはじめてだったか、主役を演じていた。

男性が、道で、女性とぶつかる。

買物をしていっぱいの袋からものがこぼれ、ふたりはあわてて拾ってゆく。

女性は、ひとつ手にとるごとに、名称を、いや、ものの名称をではなく、その種類をぽそりと発する。

りんご、ではなく、くだもの、というように。

青果、とか、精肉、鮮魚、とでもいったろうか。

女性はスーパーのレジ打ちをしていて、つい、ものを手にとると、口にでてしまうのだ。


あのころ、は、紙袋だった——のではないかしら。ちがったかもしれない、でもいろいろなところでまだ紙の袋がつかわれていたはず。昔の化粧品のコマーシャル映像をみていたら、オシャレした若い女性が電話ボックスのなかでおしゃべりしている、受話器を持たないほうの手では紙袋をかかえていて、はっとした。最近のこと。スーパーでも果物屋さんでも八百屋さんでもこの薄茶色の袋で。果物屋さんではときどき緑とかの線が一本、あるいは緑と赤で二本、はいっていたり。まさか、紙袋になつかしさをおぼえるなんて。

スーパーのレジが手打ちだったのはいつまでだったろう。驚くべき速度で、しかもそれなりに力をこめてでこでこしたボタンを打ち、「プロ」とか「やりて」のアウラを醸《かも》しだしている人がいた。子どものときに大人になったらスーパーの——プロの——レジうちになりたかったと話してくれた知りあいもいた。

映画の主題曲は主役のミュージシャンが歌っていた。曲調も、声もアレンジも、とても好きで、よく聴いた。歌詞にはときどきフランス語もまじっていた。

ポワソン・ダヴリルを知ったのもここからで、二十歳になるかならない若者は、そうだ、これから四月一日はこれでいこう、エイプリルフールなんていうのはやめにしようと決めた。四月一日なんて、年度はじめじゃないか、そんな日になんで嘘をついていいなんて言うんだ。ろくでもない嘘も多いし。ポワソン・ダヴリルはもっとこじんまりとして、かわいいじゃないか。

はじめてフランスに行ったときには魚の「型」を探した。ポワソン・ダヴリルをつくる鋳《い》型《がた》がほしい、と言っても、こちらの発音や言い回しが悪かったのかもしれない、肩をすくめられるばかりでみつからない。やっとみつけたとおもったら、すごく小さく、とても高価な骨董品で、あきらめざるをえなかった。かの地に赴くたびに、おもいだすと探してみたものの、だんだんとおもいだすことが少なくなり、いまは海外にでることじたいが滅多にない。そんなときに、である。

四月一日まではまだ日がある。もう春だから、寒い日はあっても、チョコレートの保存は気をつけないと。食べるときにはすこしやわらかくなったくらいがいいのだが、それまでは冷蔵庫か。

――これ、おかあさん……と、わたし、から、おみやげ。

週に何回か会っているめいは、母親に、わたしの妹に託されてよくいろいろなものを持ってくる。大抵は特に説明もなく、テーブルの上やキッチンにおいておくだけだが、めずらしく、おみやげ、という。

なに？

サイェの手元をみて、あ、とおもう。

妹は過剰包装をきらう。兄へのおみやげを手提げ袋にいれたりしない。おなじ紙でも、かつてのスーパーのとは違った、外見だけでどの店かすぐわかるデザインの袋を、エコバッグをとりだして、あ、けっこうです、と謝絶するのが紗枝だ。

袋にははいっていないが、包装紙から、あれだ、と気づく。あれ、ポワソン・ダヴリルだ。きっとおなじデパートの、おなじ地下一階のスウィーツのコーナーを通りながら、あそこに、と気づいたにちがいない。ポワソン・ダヴリルにこだわりがある兄に、と。

こちらはこちらで、さりげなく冷蔵庫に行き、買っておいたポワソン・ダヴリルをとりだす。サイェがさしだしたのとならべて、ふたりして、笑う。おなじ包装、おなじ大きさ。ひとつはひえひえになっている。じゃ、この冷えたのは、おかあさんに、紗枝に持っていって。

サイェが持ってきたポワソン・ダヴリルは、冷えているのとおなじ、ミルクいりのスウィート・チョコレート。箱のなかにはいったままの姿をしばらく眺める。店のガラスケースごしにみてはいたが、こんなふうにみてはいなかった。

サイェは、白い皿をだしてきて、そこにポワソン・ダヴリルをおく――とそのとき、

――何かはいってる！

小さいけれど、なにか、集中したもの言いが、口調にあった。

ぎっしりなかまでチョコがつまってるんじゃなくて、なかがからなんだけど、何かはいってるんだよ。ふってみるとわかるから。

そう言われ、手にとる。おもったより軽い。なるほど、何かあるような。

ころがる、というのではない。でもたしかにある。きこえるのかというと、ちょっとくびをかしげてしまう。きこえる？　きこえない？　指先で持っているから、そのちょっとした

揺れというか「あたり」が、あるからなのか。ごくごく小さいけれど音になって、耳にまで届くのか。届いた気になるのか。

どうしよう？

こうやってるといつまでもこの何かはわからないよ。こわさなくちゃ。いい？　こわしちゃって？

まず湯をわかし、お茶をいれる。

ポワソン・ダヴリルをテーブルの中央におく。サイェとむきあって、お茶を飲む。それがかたちあるものをそこなう前にしておく儀式だとばかりに。

でも、サイェ、あれ、単純に、ちょっとなかのがくずれて、ころころしているだけなんじゃないかなあ。

殻を割るように、すこしずつすこしずつくずしてゆく。すると、小さなカニと巻貝、のかたちをしたチョコレートがでてきた。それぞれホワイトとブラックで、ポワソン・ダヴリル本体と少しずつ色が違う。巻貝はアンモナイトを連想させたが、サイェには言わなかった。ちょっとだけ、はしから触角がでているようにみえたせいもあるのだけれど。

——さかなが食べた、ってこと、この貝とカニは？

そうじゃない。

――だとしたら、けっこう大きなさかな？

どうなんだろ。モデルはサバっていわれたりするけどね……

――ヨナ？

ちがうちがう、ヨナは、のまれたほうだから……

ずいぶん前、聖書にでてくるヨナのはなしをしたっけ。海に放りこまれた預言者ヨナが、巨大な魚にのまれて三日三晩祈りを捧げ、ついには吐きだされる、と。

サイェ、紗枝にいま冷えてるのを渡すんだよ。で、チョコレートのなかに、なにかある、って気づくかどうか、観察しておいで。どんな反応をするか、どんなふうになかを調べようとするか。なかにはいっているのをみたあとで、何を言うか。あとで教えて。なかにはいっているのはやっぱりカニと貝なのかもね。

＊『四月の魚』は、高橋幸宏主演による大林宣彦の一九八四年監督作品。

にゃあご

きっかけは何だったのだろう、マンガかアニメ、小説か映画、それともどこかで目にした姿やうごきからかもしれない、サイェは何かといえば「にゃあ語」をつかうようになった。もともとねこのまねはよくしていた。それが、受け応えに頻繁にでてくるようになった。

おかえり　にゃ
わずかばかりの驚きをともなった　にゃ！
むこうの部屋から呼ぶときの　にゃ〜
お茶を飲む？　にゃ
語尾をあげる　にゃ？
残念なときの　語尾がさがる　にゃ〜
語尾につける　いってきますにゃ　うれしいにゃ　そにゃの　そうなんにゃ

孫が奇妙なにゃあ語をつかってこたえても、わたしの母はどうして？　とか、なんで？　とか言ったことはない。ずっとそんなのを耳にしてきたかのようにふるまっている。ちゃんときこえていないんじゃないか、とおもったりするが、あらためて尋ねるのも気遅れしてそのままになっている。そもそも意思疎通には何の不都合もない。

もともとはことばを、言っていることをやわらかくする語尾だったよう。関西方面から転校した子が、ふだんは関東風にしゃべっているけれど、ときどき問いかえすようなとき、そうなんや、と関西風になる。それがやわらかいという。否定的なことを言ったりするときにもなる。だめやん。だめやないか。ちゃうねん。

ごく自然なのかそれともわざとなのかはわからないけど、否定されているのに、きつさがなくて、ちょっとおかしいし、むっとしない、という。

わたしが通っていた学校には関西系のことばをつかう子も、地方から転校してくる子もいなかったから、そうしたことばの何かを感じたことはなかった。

短いあいだつとめていた事務所で、同僚がそうなんやとぼそりとひとりごちることがあり、あきらめをともなったような、つきはなしたような感触があったっけ。

――それに、はい、でも、いいえ、でもないうけこたえってなかなかむずかしいでしょ。

どっちでもない、ちゃんとしたこたえじゃないけど、きいてるよ、っていう反応を、にゃ、って言えば、いい。

そういえば、友だちがＳＮＳで絵入りのケチュア語表現を引いていたのをおもいだした。アニャニャウ、は、食べものがおいしい、の意味だとか。ケチュア語はボリビアやペルーなど南米の何カ国かでつかわれていることば。まわりで話せる人がいるとはおもえないし、つかうことなどないだろう、とはおもう。

サイェにみせると、すぐそばにいるならかろうじて耳にできるくらいの小さな声で、しきりと口にだし、試している。ア・ニャ・ニャウ、ア・ニャ・ニャウ、アニャ・ニャウ、アニャニャウ……

にゃあ語のつぎにはやるのはケチュア語だろうか。こっちはやっとにゃあ語に慣れて、あまり意識しなくてもにゃあと返事ができるようになったばかりだったのだが。

にゃ、の音をおもいだしてみると、いろいろなことばがある。

韓国語だと、だよ、とのニュアンス。

ヴェトナムでも、ね。

タイは、前やうしろのことばをつよめるのにつかう。

ダスビダーニャはロシア語でまたお目にかかりましょう。

スペイン語やイタリア語でもにゃ音はあったんじゃないかな。

にゃあ語は、意味じゃなくて、舌がうわあごにちょっとさわってはなれるかんじ、とか、くちびるとか舌とかうわあごとか喉とかのうごき、とか、耳を、鼓膜を一瞬なでるように、ふるわせるかんじ、とか、が世界中で気持ちよかったりたのしかったりするところからでてきている。ひとつのことばとしてじゃなく、いろんなことばのなかにこっそりにゃあ語ははいりこんでゆく。いろんなことばににゃあ語は種をまく。ときどき、ほんのときどき、それぞれのことばのなかから顔をだす。顔をだして、わかってくれる人、おもしろがってくれる人、感じてくれる人に挨拶して、合図して、すぐ、ひっこむ。

わかってくれるかどうかわからないけど、そんなはなしをしてみる。サイェはいろんな口のかたちをして、音になるかならないかのにゃあ語を練習しながら、きいている。

つつじ・やまぶき

例年よりも少ないね、とサイェはツツジをみながら言う。秋に頼んだ植木屋さんが枝を切り過ぎてしまったから。母は言っていたが、そうなのか、そうでないのか、わからずにただこちらはうなってだけいた。少ないといっても木は数本あるから、葉や枝がところどころみえないくらいにはなっている。

サイェ、花、一輪、萼《がく》のうえのとこからとってごらん、花びらだけがとれるように。

――ここ？　こっち？

手もとから目をはなさずにサイェは右手の指さきを何回かおきなおしてみる。

ほら、おしべがのこって、花びらがそのまままとれた。

じゃあ、とれたとこ、こうやって、とわたしはもう一輪じぶんでとり、吸ってみせる。サイエも、とくにためらいもなく、ちゅ、と音をたてる。

——あまい。

教わらなかったかな、学校で。あまりツツジも咲いてないか。

——ツツジ……

牧野富太郎、って植物にくわしい人がさ、言ってるんだよ。戦争の、終わりのころでさ、世のなかは殺伐としていたころに。

ツツジの花が横を向いているのは虫が入りやすくするためで、上側の花弁の中央に胡麻《ごま》をまいたような印があるのは、蜜の位置をしらせるため。

——前に、ツツジがいっぱいで、その色に酔っちゃう、迷っちゃう、というはなしをしてくれたのおぼえてる。去年だったっけ。いず……いずみ？

いずみ・きょうか、鏡花ね。おぼえてるんだ、サイェ……。

ずいぶんまえに鏡花の小説を読んでいて、ちょうどツツジの季節、めいにはなしたことがあった。作品は『龍潭譚』。りゅうたんだんであるはずなのに、そのころ読みかたをまちがえていて、りゅうたんたん、と言っていたから、サイェはタイトルをおもしろがっていた。りゅーたんたん、りゅーたんたん、となんどかくりかえしていた。

行《ゆ》く方《かた》も躑躅《つつじ》なり。来《こ》し方も躑躅なり。山土のいろもあかく見えたる、あまりうつくしさに恐しくなりて、家路に帰らむと——口にださずに、文章を想いだしていた。

——ヤマブキのはなしもあったよ。「みのひとつだになきぞかなしき」。

子どもって、とおもう、きかせるともなくはなしていても意外におぼえているものだな。

この庭のヤマブキは季節はずれにも咲くんだ、一輪、二輪と。あ、こんなころに咲いてる、っておかしいんだが、それがきらいじゃなくてさ。

ツツジはあまり咲かなかったけど、まだ何本か木がのこっている。ヤマブキもある。子どものときにあったのになくなったものもすくなくない。毒だからさわっちゃだめといわれたアオキの実。カミキリムシがついたイチジク。サクランボのように実がつくユスラウメ。ザクロの木はすっかり年とって、年にひとつかふたつおざなりに実をつけるばかり。でも、あたらしい木も加わっている。よそからみると、庭そのものの木のありようはずっとおなじにみえるかもしれない。

――この庭があって、よかったな。

サイェは、ひと言、つぶやく。

ふじのせい

フジの花がいっせいに咲く。ハチの羽音が陽が陰《かげ》りだすまで小さくひびきつづける。花から花へ、ぶうんと音がして、とまる。べつの花のあたりでひびいて、とまる。大きさのちがう何匹ものハチが、むこうで、こっちで、音をたて、とまる。遠近が羽音で知れる。

もっとちいさいとき、花の時季、サイェは藤棚のした、目をつぶって、音をきいていた。

花が終わると、花びらが落ちて箒《ほうき》で掃き掃除をする日がつづく。一段落したかな、とおもっていると、今度は萼《がく》の、萼が落ちる季節だ。このころから蔓《つる》がのびはじめる。

サイェは、一週間でこんなにのびるんだ、と驚く。

——何本ものびた蔓が宙に浮いて、なんか、手を差しだしているかんじ。

ほら、そこ、そこに、とつかまろうとしているかんじ。

――風に揺れたりして。

蔓がどんどんのびてまわりの木や屋根にまきついてるかんじ、きみわるいともおもうんだ。おもうんだけど、そんなのは身勝手なおもいこみだし。

ふと、長唄《ながうた》の、そこだけ知っているのを口にする。

いとしと書いて藤のはな、って……知らないか……

手もとのメモ帖にひらがなの「い」をたてに五つ六つ、それから、ちょっとうえから左右のあいだにすっと一本、まのびした「し」の字を書く。サイエは、へぇ、フジになるんだ、と感心した表情を。

おばあちゃんのお人形にも、藤娘があるよ。

サイエを、母の居室のとなり、庭に面したサンルームへと、奥にある大きなガラス棚へと導く。鍾馗《しょうき》様や鮭をくわえた熊の木彫りやどこかからかいただいただるまや人形のたぐいが雑多にならんでいるなか、ひときわ大きく、棚のうえ、べつのケースに飾られている藤娘。

大きな笠の女性がフジの花が咲いた枝を手に。いくつもの花がつき、花や葉の柄の赤い着物と、笠と枝の紫がはなやぐ人形は、膝をちょっと折っているのだろう、からだがわずかにななめになっている。

おばあちゃんが結婚したときに友だちがつくって、持ってきてくれたんだってさ。いまみたいに宅急便とかなかったころだからね、「結婚式に、大きな箱にいれて、持ってきた」そうだよ。着物とかほんものをつかってていねいに。衣裳人形というのかな。

――フジの精なんでしょ、きっと。花の咲いているあいだだけ、のいのちなのかな。

フジの、樹の精なんじゃないかな。でてくるのは花が満開のときだけ、とか。

サイェは、あらためてふりかえって藤棚をみる。わたしより、はるかにながく、この庭で生きつづけ、縦横に幹をのばしている樹を。

はるおちば

実家の門扉《もんぴ》をあけると、ひとところに、ずいぶん葉が散っている。秋から冬にかけての落葉とはちがって、葉もあるけれど、あいだにこまかく落ちているものがある。新芽なのだろうか。毎年毎年落ちていたはずだし、目にはいっていたはずなのに、じっさいにはみていなかった。気になるようになったのは、自分で庭掃きをするようになったから。

祖父母から父母へと手入れがかわっていった。正確には、かわっていったのではなく、やれる人がやっていた。いつもやっているから、年ごとの季節のめぐりを気づけていたのかもしれないし、ことばが交わせたのかもしれない。そのあいだをいちばん若かったこちらは知らぬまま過ごしてきた。妹の紗枝はどうだったのだろう。

五月の連休ごろにはフジがはなやかに花を咲かせ、ハチたちがやってくる。花のあとには掃き掃除に毎日追われる。落ちた花は、池のおもてを薄紫にそめ、水が見えなくなってしまうくらいで、はやくすくわないと沈んでしまうから、子どもたちも手伝わされた。金魚すくいの網を大きくしたようなのを池にいれ、花びらをすくう。水をたっぷり含んだ花びらはかなり重く、竹の柄が、瞬間、しなる。ときに竹の柄がささくれていて、手が傷ついたりも。庭石のあたりにつぎからつぎへと濡れた花びらを重ね、何日かそのままに。そうしないと水はぬけないし、ゴミ箱がにおってしまうので。フジは、花の季節にむかう前にも、顎が落ちつづける。これもあまり気づいていなかった。知ってはいても、これほどとは。

サイェには、すこしだけ、手伝ってもらう。

毎日、や、一日おき、とかではないにしろ、週に一回や二回は行って掃かないと、母から催促の電話がかかってくるし、ことばどおり、庭が荒れてしまう。ひとりではやりきれないし、じぶんがなかなか気づけなかったことをすこしでもめいにはやくわかってもらえればとおもったり。罪滅ぼし、という気もあるだろうか。そのことを紗枝に言ったことはないし、妹も知ってか知らずか、何も言わない。

ふたりして、竹箒で掃いている。先が不揃いで、けっこう硬い。すこしはしなうけれど、そんなに曲がらない。しゅ、しゅ、と、あまり竹が地面についていないようなかすれたような音がする。すぐ腰が痛くなるので、こっちはしょっちゅう、ちょっとの中断をしているが、サイェはずっと途切れずに、しゅ、しゅ、と掃いて、戻して、をつづけている。

と、サイェが鼻歌を歌っている。かすかに。ほんのかすかに。

曲の二拍が、箒の一掃き、くらい。
箒をつかっていると、何となく、拍が生まれてくるかんじか。
ききおぼえのあるようなメロディなのに、よくわからない。鼻歌だから歌詞もないし、よけいわからない。それに、滅多に鼻歌を歌わない子なのだ。

なに、歌ってる？

――《ハナミズキ》。

あ、一青窈《ひととよう》の？

――おじさん、ＤＶＤでみせてくれたでしょ、『珈琲時光』。

そうだった……エンディングで、主演の一青窈が歌っていた。でも……。

――気づいてない？　ほら、あそこにハナミズキ。

あぁ、あれはハナミズキだったんだ……。

お恥ずかしいかぎり。毎年、これもみていたし、あかく咲いているのが好きだったのに、ハナミズキの名と花が一致していなかった。そんなことばかりだ。

☆

さざんか　さざんか　さいたみち
たきびだ　たきびだ　おちばたき

冬に掃き掃除をしていたとき、わたしが口ずさんでいたのは《たきび》だった。サイェも知っているとおもっていたのだけれど、めいは言うのである。知ってはいるけど、よく知らない、と。こちらは、いまはそうなのかな、教えないのかな、と顔にも口にもださなかったけれど、驚いていた。

——おちばたき、って、なに？

わからない？
うたを知らないより、ことばを知らないのが不思議で、つい、表情を変えてしまった。
いま、焚火なんてすることなど、ない。いや、ない、どころか、してはいけないことになっているらしい。火をつかうのが危ない。火事になるかもしれない。葉っぱを燃やすとガスがでて有毒だ。焚火なんかしたら通報される——らしい。うたを教えなくなって当然なんだろう。禁じられていることを歌う、なんてできない。そうできたら、それはそれでおもしろいけど。こんなふうに、人から人へとわたされるものがあったり、切れてしまったりするんだろう。世代、時代、っていう言い方をくだらないとおもったりするものの、そんなにかんたんじゃないんだな、きっと。

おちばたき、って、落葉を、集めて、火をつける。ほら、お風呂を炊く、とかいうだろ。あの炊く、じゃなくて、焚く、だな。字が違ってる。

前には、庭でも焚火をしたんだ。父親、サイェのおじいちゃん、は会社に行ってていなかったけど、もうリタイアして自由だったサイェのひいおじいちゃんは、庭いじりもまめにしていた。落葉を集めて焚火もしたな。うたは、秋のうた、十月くらい？　いまはもっと遅いかんじ。ただ焚く、葉っぱを燃やすだけだともったいないから、火にサツマイモをいれて焼く。焼き芋、つくるんだ。一石二鳥。そのころは、いまの冬より寒い記憶があるんだけど、どうしてかな。しもやけ、あかぎれ、もふつうだった。サイェ、知らないだろ。いまもそういうのできる子、いるのかな。

——ここ来るとき、むこうの駐車場前で、落葉が一枚、飛んできて。とてもかわいた音たてた。アスファルトの上、右からきて、ちょこっと左にまわって、そのときに。あ、枯葉なんだ、って、落葉っていっても、枯れて、からからになった葉っぱなんだ、って。もすこし来たとき、あそこのうち、というより、こぶりなマンションの入り口のところで、今度は何枚か落葉がうごいて。やっぱりとてもかわいた音なんだけど、何枚かあるから、ちょっとずれたり、重なったりする。ちょっと、踏んでみた。これもまたかわいた、つぶれた音で。

サイェはことばを切ってから言う。

――おちばたき、どんな音がするのかな。

え？

――火がついて、燃える、音。かわいた葉っぱ、どんな音をたてるのかな。

☆

木からおなじように落ちても、秋や冬と、春とではちがう。春に落葉ということばはあまり耳にしないようにおもうけど、じっさいはよく落ちる。春の落葉、という言い方があるのか、あったとして定着しているのか、わからない。秋から冬にかけて、色が変わって木から落ちる葉がある。変わらないで落ちる葉がある。春ならまず緑のままだ。冬の枯葉とちがったみずみずしさがある。すくなくとも実家の庭はそうしたもので。

——これは?

フジの顎を掃いていたサイェは、池に面した庭石のそばに小さな花をみつける。石と石の小さな、ほんとに小さなすきまに、二、三センチの緑があり、五ミリにみたないつぼみや花が咲いている。こたえられることはあまりない。ごくまれに「サクラソウ」と言えたときにはほっとする。

もうすこしでフジが咲く。いくつかはわずかに咲いているものも。一匹か二匹だけ、先走って来ているハチがいる。
咲いているのはモクレンだったり、ボケだったり、ヤマブキだったり。こちらにはハチは来ない。

庭だけでなく、家の外、公道のほうも掃くようにと言われていた。

庭からすこしはみだしてしまった木の枝がある。庭から外に飛んでいった葉や花がある。道路をへだてた隣家の木から落ちたものが、こちらに寄ってきていたりも。

——道も掃くの？

サイェが尋ねてくる。

そうだよ。

道はみんなのものだ。みんながみていかなくちゃならない。みんなできれいにつかわなくちゃ。何かが落ちていたら拾う。ほとんどは通り過ぎてゆく。マンションに住んでいる人たちは、道のことを考えたりしない。たぶん。建物のなかは管理人さんや掃除の人がやってくれる。庭があると、家があると、敷地にそった道はみておかなくちゃ。たとえよごした人がべつのひとでもね。

箒をかえて、道を掃く。ちりとりも持っていく。庭の土とコンクリートとは違った感触がある。地面にふれたり、引きずったりしたときの音も違う。庭に落ちている葉や顎とは違ったものがあって、それぞれに、ちりとりに掃きいれるときの要領が違う。ときにはトングで拾わないと。

秋とはちがって、それほどまめに掃除をする必要はないし、手間がかかるわけではない。

だから、冬にしのこしたこともやってみる。玄関脇の庭木の下に残ったままの秋冬の落葉をかきだす。下のほうにあるものは、もともとかさかさしていたのに、湿って、水分を含み重たい。

——残しちゃっててごめんね。

何も言っていなかったのに、サイェは、こっちのおもっていたようなことを、ぽろりと、残されていた葉っぱたちに、積みかさなってきっと腐りかけている葉っぱたちに、言う。これらを掃きだそうとしてももうかつてのようなからからとした音はしない。ある湿ったかたまりのまま、でも、数カ月前よりもずっと土に養分をしみこませて。

——また、つぎの葉っぱたちが落ちて、重なってゆくんだよね。

そうだね。
それまではしばらくある。そのあいだに、次第につよくなりまたよわくなってゆく陽の光を、日のうちに、夜のうちに変化する風をうけ、雨をうけ。また、秋がきて冬がきて、春のおちばになって。

植物は、うごくものたちよりもからだがシンプルにできているから、まわりが変化しても対応していけるんだってね。対応のかたちもはやくて。

サイエが何を考えているのかはわからない。数カ月や数年やよりも先のことをぼんやりと予感しているのかもしれない。そうおもわないでもない。それがいいことなのかどうか、わからないのだけれど。

ルンバ・ストーカー

返事はちゃんとするのに、サイェはなかなかやってこない。ごはんだよ、と声をつよくしても、気のない返事がかえってくるばかり。もう半時間ちかく、三つの部屋をルンバのあとについてまわっている。

ルンバは時間がかかる。一度通過していったとおもっても、しばらくすると戻ってくる。なんだ、糸が落ちてるじゃないか、と吸い残しが気になっても、何度かまた行ったり来たりしているうちになくなっている。なかには最後まで残っているのもあるけれど、まあ、人じゃないんだし、とため息まじりにあきらめる。あきらめる、というより、どこか安心している。掃除用ロボットを人格化していることに気づいたりし。

サイェが興味を持っていることは知っていた。話はしていたのだったが、なかなかおばあちゃんのところで動かしてみる機会がなかった。きょうははじめての顔合わせ。始めた時間が夕方だったから、失敗したかなとおもったものの、もう遅い。夕飯だからとルンバも掃除をやめないし、サイェも追跡をやめない。どちらもちょっと頑固《がんこ》だ。

母に頼まれての購入だった。掃除機は、腰にきつくて。休み休みやっていたけど、もう無理だから。

おれが掃除をしにくるからそんなのはいいよと言いつづけてきたが、掃除が好きなわけでも得意なわけでもないし、できれば避けたい。しぶしぶ年末、大晦日あたりに重い腰をあげる怠惰な息子などおよそ役立たず。せめて気がついたときにはロボット掃除機の電源をいれられるようにとのおもいから、もしあんたが買ってこなかったら商店街のなじみの電器屋さんの、ほら、あんたと齢《とし》も変わらない、なんという名だったかしら、あの人に持ってきてもらうから、と母の購入の意志がかたかった。それならばと量販店に足を運んだ。

デパートや量販店で売られているのは知っていたし、デモンストレーションを眺めたこともある。赤ん坊や子犬が遊ぶようなエリアが用意され、ルンバが動いている。まっすぐ進んで端までくる、と、べつの方向に移動する。動きが単純でない。予想できない。おもしろい。

ひとつひとつのパーツを箱からビニール袋からとりだし、マニュアルと照らしあわせながら準備してゆくと、おもいのほか本体が大きく、重量もある。自分が使うのだったらおそらくはマニュアルも斜めに眺めて、あちこちさわりながらうまくいったりいかなかったりと試行錯誤するのだろうが、母に預けるいじょう、すべての文字は読んでおかねば。こっちがいないときに問題が起きたときは、電話で対応を乞われても大丈夫なように（事実、セットアップして帰宅した後、オレンジのランプが点灯している、だの、深夜になってもいつまでもグリーンのランプが消えないから落ち着かない、だの、言ってきたものだった。まだ作動させる以前のはなしで、母みずからが作動させ、ルンバがうまく元のところに戻らない、とか、マットレスからでている紐に引っ掛かってしまった、とか、言ってくるのはすこしあとのこと)。

サイエ、もう、勝手にやらせておけばいいよ。大丈夫、ルンバも慣れてるから。

いや、慣れているわけじゃない。機械だし。三つの部屋は障子や襖《ふすま》を閉じて、外にでられないようにしているし、座布団やマットレスは、紐がひっかからないように、籐椅子のうえに片づけている。だから勝手にやってもらえばいい。そうすれば、トラブルがないかぎり、ベースに戻ってチャージの状態になる。ただ、サイェを食卓によぶ口実、で。

掃除用「ロボット」の設計思想は、近年の住宅を基本にしているのだろう。マンションなど、扉を開けてはいったらあとはほぼフローリングでフラットな床がつづく、途中で引っ掛かるものがないような。そんなつくりなら赤ん坊や老人も心配ない。「ロボット」も赤ん坊や老人とおなじとおもえばいい。

でも実家は古い。リフォームしていても、もともとは畳と板の間が障子や襖で仕切られ、あいだには廊下がはしっている。ルンバからすれば山あり谷あり。

こちらも心配だ。安い買物ではないから、壊れないように注意する。天気のいい日の掃除日和《びより》とばかりにドアを開け放しておいたら、思い掛けない方向に動いていき、いつのまにか外にでてしまい、マンションの廊下をきれいにしていたというエピソードを聞いたことだってあるし。

何度かはおもしろ半分、実家に行くたびにルンバを動かしてはあとをついていった。滅多に掃除なんかしないのに、なにさ、あんたのおもちゃのつもりなの、との皮肉に、いやいや高価な買物をしたんだから習性をわかっていないと、とか、壊れないようにいろんなものをよけておかないと、とか、口実はあった。事実、八畳から六畳へと襖のある敷居はスムーズにいくものの、畳の間から廊下へは、障子のはしる敷居から一センチはいかないにしても四ミリから六ミリくらいの段差があるので、がくん、となる。機械に衝撃はよくないから、と障子は閉めておく。廊下から玄関、廊下から裏の出入口はかなり段差があるので、あらかじめ気をつける。アクション映画や特撮映画を想いおこしながら、ここは阻止せねばとひとりごちつつ、そばにあるもので、ルンバが押し倒さない重量感があるものを咄嗟《とっさ》に配置。裏口だったら野菜のはいっているダンボール、玄関はすこし幅が広いので、自分が足や手で阻む。小さなマットレスを巻いておいたら押しだしそうになったので、あわててこっちが先にでて、押さえたり（いまの機種はセンサーがもっと過敏にはたらくようだが、入手した当時はまだそんな機能がなかった）。

食卓にいると、むこうの部屋で動いていても、ほとんど音は聞こえてこない。三つの部屋のうち、母の鏡台や箪笥《たんす》のある部屋に来ると、すこし高い、うなるような音が。

サイェがやってくる。

——ルンバくん、戻ってった。ちゃんと電源のところで、よいしょ、って。おもしろいね。

サイェちゃん、放っておけないんでしょ。つい、ついてっちゃうのよね。

母が言う。でもね、この人もね、おなじことをやってた。いくつになってもおなじなのよ。めいっこにも性格は伝わってるんだ。ま、そのうち飽きちゃうとはおもうけど。

紗枝もおなじことをするだろうか。するかもしれないし、しないかもしれない。もしかすると、夕飯はそのままに、娘とひたすらルンバのうしろをついてまわったかもしれない。

——ルンバ、どんな意味？

ルンバ、ラテンの、中南米？　キューバ？　の昔はやったダンスでしょ。うたでコーヒー・ルンバ、とかあったじゃない。サイェは知らないか。チャチャチャとか、そんなの。

そこまで言うと、母が、あんた、だめねえ、違うの。そのルンバじゃない。スペルだって違うんだから。

あ、違うんだ……踊ってるみたいな動きだから、って意味なのかとおもってた、とわたしはあわてて言い訳を口走る。タン、ンタ、タアンタ、ン、タンタン……テーブルのはしを指先でルンバのリズムをとってごまかして。

——はしらせながら、わざと雪見障子を閉めて、サンルームにある籐椅子のとこにいた。ルンバくんの音、聴いてた。どこにいるのか、どんなところをとおってくのか、って。わかるんだよ、けっこう。あのあたりかな……いまカーペット、いまは畳、あ、畳のへりのとこ、とか、それから板の間でしょ。きっとうちの、マンションのフローリングより音が変わってゆくんだ、って。

夕飯のあと、サイェといっしょに、膝と両手を床につけ、四つん這《ば》いになって、ルンバの掃除した部屋を動いてみた。

はじめはただ床や畳のきめをてのひらが感じられるだけだったのだが、途中で、ふたりして、眼を閉じてみた。そのまま動くと、部屋の様子がわかってはいても、ちょっととまどったり、あ、こんなところに段差が、と、凹凸《おうとつ》が、とおもったりする。手が先にふれたあとで膝がくるから、そちらに負担はかからないようにして。畳のなだらかな波も感じられたりもし。さすがに手にほこりはつかない。きれいになってるんだね、とサイェと顔をみあわせて笑う。

ルンバ、大冒険だったねえ。なかなか、山あり谷ありだものねえ。ただの平原じゃないよ。フローリングとは違うんだな。

――おじさん、ルンバ、好き？

ん、好きかも……。なんか、あのまじめで一途なところが……

――おかあさんが掃除してるところみたい？

いやいや、紗枝は……。ん、でも、ちょっと、そうかな。

何年か前、いやもっと前だろうか、アイボというロボットの犬がいた。興味はなかったけれど、ルンバを知ってから、気になるようになった。もう製造されていなくて、メンテナンスもできない、らしい。ヴォランティアのエンジニアが修理をしたりしているのだとも噂があった。アイボ、もしそばにいたら、愛着をおぼえたかもしれない。あらためておもう。こんな、円盤状の掃除機だって、ルンバだって、わるくない。動くから、かもしれない。動いて、でも、はやすぎなくて。このテンポ感？　地面にくっついて、こっちの視線のずっと下のところを動いてゆくから？　わからない、けど、科学の人、技術の人たち、ってすごい、とおもう。感覚もこうやって操作しちゃうんだ。そして、おもいだす。アイボをかわいがっていた知りあいはどうしただろう。いろんなおもちゃだって、やっぱり、壊れたりなくなったりすると悲しかったのだから、とも。

紗枝、ルンバ、買うかな。

——買わないよ、きっと。

掃除、好きだからね。まだまだ、だね。

——おじさんは？

掃除は、きらいだけど……きっと買わないよ。おばあちゃんのルンバ、借りていくかな。

花と石

実家の庭、となりのうちとの境にたてた塀に沿って、片づけがゆきとどかないせいもあり、まるで吹きだまっているかのように、枯れた盆栽、割れたりそのままだったりする植木鉢、金属製でところどころに錆《さび》のでたじょうろが、無造作に放りだされている。あいだにはショウブが何株か。下にはミョウガが、雑草――雑草、なんてものはないんだよ、どれだってひとつひとつべつのものだし、名前をつけるつけないは人の身勝手さなの、と教えてくれたのは誰だったろう――のなかからはところどころドクダミの花が顔をだし。そしてひときわ高いところ、しっかり立って、顔を、視線を、あげないとみえないところに、上から見下ろすように、赤いバラが咲いている。

このバラ、おばあちゃんがおじいちゃんと一緒になったときのお祝いだったんでしょ？
とサイェが確認の口調で。

え？　そにゃの？

それまでサイェと「にゃあ語」でしゃべっていたから、つい、にゃあ語でこたえてしまう。驚いた。そんなはなしは聞いてない。聞いていたかもしれないが、きっとずっと、いやずっとずっと前のこととして、すっかり記憶から落ちたのだったか。もしかすると、妹は、紗枝は聞いていてわたしは聞いていない、こともありえる。このごろでこそ老母と庭にでるが、かつてはもっぱら妹が母と一緒にでて庭いじりを手伝っていたのだし。

サイェ、おかあさんにきいたの？

——おばあちゃんが話してくれたんだよ。去年のいまごろ、かな。いただいたのは何件か先の奥さんから、だって。お名前、忘れちゃったけど。

四月、五月になると木や草がぐんとのびる。こんなときばかりは、プランタンよりスプリングがふさわしい。はる、という語はスプリングに近いニュアンスかもしれないな。サイェに、ほら、スプリング！　とことばを教えながら、紗枝が全身でばねの様子をまねていたのは何年も前のこと。

母がせっせと伸びた蔓《つる》を切り若芽を摘み草ぐさをとる季節。このごろは腰が、足が痛いので、わたしが急かされてやっている。ときにサイェをおだて、わずかなりとも手伝わせ。花は数日から一週間くらいのあいだに移り変わって、少しずつ咲き、満開になり、落ちる。あ

と始末もまたつづく。

バラはわたしよりずっと高い。二メートルは優にこえているだろう。すぐそばにクリーム色のつるバラがあって、物干し竿の片方をのせている白ペンキを塗った細い鉄枠にからみついていた。かたちがいいというよりはちょっと不安定で、オシベがしどけなくみえているのが特徴だった。これは、でも、すでになく、かわりにアジサイが繁茂している。あれはいつまであったのだったか。

サイェは何枚もわたしのスマフォでバラの写真を撮っている。高いところの花を撮ろうとすると塀のむこうの隣家がうつりこんでしまうので、木のまわりを行ったり来たり。こっちだと逆光、ここだと花がむこうむいてる、これだとお隣りの軒が。しぐさとスマフォをのぞく表情が、声にならないことばを発している。

——おじさんより年上なんだね、このバラ。

サイェが、洩《も》らす。

かあさんよりもね、もちろん。

何気なく、一言。そして、ふと、おもう。

たまたまバラかもしれないけど、庭木の多くは紗枝やわたしが生まれるより前からここにいた。


木の下や草に埋もれて見えなくなっているものも多いが、ところどころに庭石がある。ものによってはかなり大きく、紗枝と陣地とりごっこで、上に昇ったりしたものも。その石には何センチおきかで斜めに石英《せきえい》の筋目がはいっていて、ときどき、ふと、おもいだしては、筋目を指先でたどって遊んだ。地図みたいだ、とおもっていた。


一時期、石に凝ったっけ。

泥まみれの石を洗ったり、金槌で割ったり。表面から、ちょっと光るのがわかって、なかが石英だったのをみつけたものの、祖父にこっぴどく叱られた。

二つに割れて、なかの石英がきらきらしている石を、でも、祖父は盆栽の片隅において、小さな樹木の世界にべつの風情をつくりだしたり。ふつうの盆栽とはかけはなれていたけれど、あそこにはふたつ、ふたつ以上の時間がおなじところにさりげなくあった。

鉱物標本を買ってもらって、飽かずに眺めていたのもおなじ頃。紗枝はそんなとき何に関心を向けていたか——おもいだせない。おなじ庭にいて、花や草をみていたのかもしれないし、つま先で立つバレエのステージを夢みていたかもしれない。

母にバラの木を贈ってくれた奥さんはもういない。お子さんはわたしより一回り上で、その方がどうしているのか、聞いていたとしても忘れてしまった。ずっとおなじところにいても、まわりの人たちは変わってゆく。いなくなる人がいて、やってくる人がいる。実家のあたりも一戸建ては減り、二階三階建てのアパートともマンションともつかない賃貸住宅が増えた。うちは、いつからかある、ずっと昔からあるうち、だ。

母は孫とふたりで春の庭にでていたとき、ふとバラのはなしをしたろうか。サイェは写真でみたことしかないおじいちゃんの、まだ二十代半ばの姿を想像できただろうか。

サイェ、石と花、どっちがいい？

——どっち、が、いい、って？　なに？

応えないでいると、めいはしばらく黙っている。

——どっちもいい、でしょ。違うもの、でしょ。だから、どっちがいい、なんて言えない。

そうだよな。愚問、愚問。わかってて訊くのが間違いだ。

お誕生日だったのかな、おじさん、かあさんに買ったピアスがあるでしょ。ペリドットの。かあさんの好きな黄緑色だからって。でもおじさん、言ったんだよね、自分の誕生石でもあるし、って。かあさんはいつも笑って話す。プレゼントする相手の誕生石ならわかるけど、自分のを贈るなんて何?　色が好きなのだって、自分が買いたかっただけなんだよ、きっと、って。妹だからいいか、くらいにおもってたんだ、にいさんはね。

アクセサリーになったのは新しいけど、ペリドット、この石、前から、大昔からあるはずでしょ。わたしより、かあさんやおじさんより、おばあちゃんより、ずっとずっと。いろんなところをまわってきたのかな。どんなところで、どれくらい眠ってたのかな。花は、もっと、人に近くって、あのバラもおじさんとあまり変わらない。何年か、十年くらい？　年上かもしれないけど。ほかの木はもっとかな。梅とか柿とか、戦時中、もっと前？　からあるんでしょ。庭石はどこかから運ばれてここにいるけど、わかんないくらい前からずっとあって、いろんなことが過ぎてゆくそばにいたんだよね。なんか、石と花、って、わたしとかわたしたちと変わらないようにみえて、どんなふうにまわりをみてるのかな。

あのペリドット、いつか、紗枝は娘におくるんだろう。母も紗枝にあげたものがいくつかあった。あれもサイェにわたってゆく。ゆくのだろう、きっと。

まだ海外に行くのがかんたんではなかった頃、視察旅行との名目のアメリカ出張から帰ってきた父は、スーツとネクタイをとり、白いシャツを脱いだあと、顔をしかめながら、左肩の絆創膏をはがした。はがれる音は耳にのこっている、あれはあとづけだったろうか。絆創膏の裏にはダイアの指輪が張りついていた。絆創膏は指輪のかたちが触知できなくなるまで何枚も重ねられていた。現金の持ちだしに制限がある頃で、金属探知機はまだなかった。たぶん、係員はボディ・チェックをしたのだったろう。父は四十になっていたかどうか。紗枝はあのときのことをおぼえているだろうか。母と指輪のはなしをすることがあるだろうか。あっただろうか。

まわりにたくさん

雷の音がずっとしててね。

いくぶん唐突に、サイェは話しだす。
いつものように。

客席はかなり暗くて、舞台なんか見えない。
席についてプログラムがやっと読めるか読めないか。
あいだ、ずっと、なってるの。
あいだおいて、遠くで、ずっと遠くで、
ちょっと近づいて、また、ってかんじ。

こんなところで字なんか見たら目が悪くなっちゃうから、とおかあさんが言うから、する

こともなく、ふたりならんで座ったまま。

だんだんお客さんが席につくんだけど、ふつうより声を低めてしゃべってる。

こそこそ。

ひそひそ。

どんなこと話してるのかな、って耳をすましてると、ほかの音に邪魔されるんだよ。そのうち、あっちこっちでおこる音のほうがおもしろくなっちゃった。


コート脱いで、膝のうえにおいとく。これ、けっこう音がするの。

それぞれに違ってて。

かあさんのは革で、わたしのはウール。

ほかにもいろんなのがあるんだな、って、見え方じゃなくて、感じてた。

きぬずれ、ってこんなのかな、とか。

それに、咳があちこち。

ちらしやプログラムがこすれたり、床に落ちちゃったり。

雷がちかくなった、とおもったら暗くなって、つよく雨が降ってきた。夕立ちだ、って。

舞台に光がはいってくると、ほんと、に、雨が降ってる。

わぁ、雨だ、

水だ、
って、見とれちゃった。

お芝居はね、女の人がひとりでセリフを語るんだ。

ある男の人にあてた三人の女の人の手紙を、ひとりが、それぞれ、ね。

途中で衣裳をかえたりして。

ひとりめだと水のなかを歩いてく。

水にあしうらがあたって、ちょっとひきずるようで、またあしからしずくがながれ、おちるようなのも。

ぱしゃ、とか、ぺた、とか。

ふたりめは小石を踏んでゆく。

砂利じゃないんだよ、もうちょっと大きい、あしうらひとつに小石がふたつとかみっつとかよっつとか。

ちょっとずれたりこすれたり、石どうしが。

ごろ、とか、
かち、かな。

ち、じゃないんだな、ぬれてるからもちょっとしめってて。

さいごは床に座っててほとんど動かないからそういう音はなくて。

さいしょの人は、ときどきマッチを擦るから、小さいけど、一瞬、びくっとする。
しゅ、っ、と。
音もだけど、舞台で、光がぱあっと。
それがまたすぐ小さくなって、なくなっちゃう。

サイエが、紗枝といっしょに出掛けたのは、紗枝とわたしが母につれられてはじめていった劇場だった。

舞台には役者が六人、あたまには、馬を線だけでかたどった金属のかぶりもの、足にもひづめのような金属のはきものをつけて、いる。セリフがある役者は二人。ときどき、金属のひづめががたりと動いて、その音でからだがかたくなった。よくおぼえている。中学生、だったか。紗枝は、娘と行ったのが、あの劇場だとおぼえているだろうか。

サイエのはなしでおもいだしたのは、もうひとつ、学生のとき、入試監督のアルバイト。大きな教室で、知らない先生の指示で入試問題を配り、あとは終了時刻まで、ひたすら静かに、静かにではあるけど、絶え間なしに、試験場内をゆっくりと巡回する。
不正行為があったら、と言われてはいたけど、みつけたことはない。

さいわいなことに、突発的なことは何もおこらず、かったるく退屈な時間をこらえなくてはならなかった。

わざとゆっくり歩いて時間をつぶした。
教室のはじからはじまで、五分かけてみる。
歩き方、足への力のかけ方を変えてみたり。
これはお能の。
これは暗黒舞踏の。
これはどろぼうの。
ぬきあし、さしあし。
かかとからゆっくり床におろして、つまさきにだんだん体重をうつしてゆく。
ぬき、あし、さし、あし。
ぬ、き、あ、し、さ、し、あ、し。
たわむれにつづけ、
しのび、あし、いさみ、あし、って。

じぶんの動作に集中するのにも飽き、いつしかただ立っているばかり。
放心していると、ずっと、どこかで、小さいけれど、ひびいている、ひとつのかたまりのように、うなっている。

紙の、めくったりこすれたりするのが、
エンピツの、消しゴムの、腕のこすれるのが、むこうから、こっちから、ゆっくりと歩いてくるおなじ監督員の靴音が。

あいまあいまに、貧乏ゆすりが、足のくみかえで机がゆれるのが、咳が、くしゃみが、鼻をかむのが、あそこ、で、こんどはこっち、で、突発的に。

今度はあそこ、あのあたり、と予想をたてても、きっと、はずれる。

古いスチームは、小さいけれど、しゅうううと、また、ときにカチン、カチン、と金属的な音をたて。

ときどき、両目をとじて、まわりの音にききいった。

場所を移し、顔の位置を変え、わざと靴ひもを結ぶようにしゃがんだり、誰かが床に落としたものを拾おうとするしぐさに、耳をすませてみたり。


受験生たちは真剣に設問にむかっているから、誰も、この音を、いろいろとかさなり、あちらこちらでたってては消える音をきいてはいない。たぶん……

そのときうれしいようなさびしいようなおもいでいたのだったが、そんなことはおぼえていても、いま、おなじようなおもいがやってくることがあるのかないのか。

サイェは、いつか、入試監督をするかもしれない。

あるとしたら、何か、おもうんだろうか。

何十年も抱えていたりするんだろうか。めいが話してくれた劇場の音が、かつての冬をよびおこしてくれたように。

＊　＊

『猟銃』、原作：井上靖、演出：フランソワ・ジラール、主演：中谷美紀
『エクウス』、戯曲：ピーター・シェーファー、演出：浅利慶太

つくもがみ

実家の書庫に、サイェはほとんど足をふみいれたことがない。紗枝ののこしていったものがひとつの棚を占め、ときに必要なものをとりにくるようだが、亡き父がのこしたものやわたしのつかっているものにはふれないから、ちょっとみても様子は変わっていない。部屋にはいりきらない本はここに持ってくるので、棚だけではおさまりきらず、床につぎつぎ塔がたつ。そんなところを子どもが好むわけはない。

床をながいことみていない。片づけようとおもいはする。いつ何が必要になるかわからない、とか、手にはいりにくいかもしれない、とか、じぶんで勝手に理由をつけてそのままにしていた本を、これから生きてゆく年数を鑑《かんが》みて、処分を決断したのは二年くらいまえか。すこしずつすこしずつ整理して、やっとめどがたってきた。

床に接する棚には緊急には必要としないものがならぶ。子どもから十代、二十代くらいのころの本。なつかしくはあるが、あまり想いださない。そんな一角に、あったのだ、そのモノたちが。本ではない。文字どおりのモノ。ひっそり、こちらもすっかり忘れていた古い工具、より身近ないい方をするなら、祖父が、父がつかった大工道具たちが。

戦前に建てられた家である。すこしは手を入れたりしているものの、古い木造建築。大工さんを頼むこともあった。ちょっとした不具合程度なら、祖父が、父が、手をいれた。鉋《かんな》、錐《きり》、鑢《やすり》、釿《ちょうな》、鑿《のみ》、金鎚《かなづち》、指矩《さしがね》、大小の鋸《のこぎり》、やっとこ、小さく区切られた木箱に何種類もの釘《くぎ》。

ひらがなでなく、漢字で書かねば、しゃれではないが、かんじがでない。モノたちはもともとの色をほとんど失い黒く、手にするとずっしりと重い。金属だ、と手がおもう。柄は木の金槌でも、柄そのものが堅い。握ると力がはいる。


せっかくだから、とサイェを呼んで、みせてみる。

なあに?

みるからに古く、重いモノたちは、いまの世紀になじまぬ無骨さ。めいは敬遠しているかのよう。むかしのDIYだよ、と教えるが、どのていど実感があるかわからない。子どものときには見知っていた。いじっていた。手伝ったりさえした。工具はふだん大きなブリキでできた物置においていた。工具だけでなく、灯油やホースや不要なものと一緒に。大きな物置が壊され、書庫になった。書庫の、いちばん下に、工具が。祖父が、父が亡くなって、わたしは、知っていたけれど、工具を忘れた。なかったかのようにふるまってきた。

書庫を整理しようとおもいながら、工具たちをどうするか。処分のしかたも調べた。じぶんではつかわない、つかわないだろう。とはいえ、容易に捨てたりなんかできない。役にたたないでなく、祖父や父がつかったからという感傷でなく、ひとが何かをする、力を加えて何かを変えるため、すこしでもなめらかにできるよう、ながい歳月をかけて練られてきたかたちを、やすやすと手放していいのかどうか。いろんなものは簡便になっている。わかっている。だから逆に、一時代以上前のひとの手が、力をかける道具を、かたちとしておいておきたい。きれいごとかもしれないなとおもいつつ、誰にも言わないが、どこかにそうしたおもいがある。

本はすこし整理する。さりとて、書庫の隅は片づかない。モノたちの居場所はひとの住居の外、だろう。ならばやはりこのままか。二、三十年おいておくと霊魂や宿って付喪神《つくもがみ》になるか。そのころわたしはいないだろうけれど。

サイェ、付喪神、知ってる？

きいたことあるような……

モノがさ、何年も何十年も、そうだな、百年もこの世にあると、霊が宿るといわれてるんだ。モノが、器物《きぶつ》が妖怪になる、とでもいうかな。江戸時代とかには、モノに顔がついたり手足がついたりしているモノたちがいっせいに一方向にむかって駆けている百鬼夜行図なんてのがあるんだけどさ。

あ！

顔が輝いて、一瞬、息をのんでから、サイェは言うのである。

生きものともモノともつかないヤツがうちにいて、ときどき顔をあわす。ちょっとかわいくおもって名前を訊くと、ぼそっと不愛想にこたえる——って誰、いや、なんだっけ？

オドラデク？　カフカの？

へんなこと知ってるんだな。

サイェはこたえない。なにをおもっているかもわからない。わたしはわたしで、おもっている。『家長の気がかり』のオドラデクは、いつからいるのかわからないし、いつまでいるのかもわからない、生きものなのかそうでないのかもわからない、糸巻みたいなやつ。これからもずっといるんだろうか、というのが家長の気がかりだが、もしかして——このモノたち、オドラデク？　付喪神？　ところちがえば呼び名もちがって。

あかりみつめて

融けたロウが揺れている。

春、肌寒さののこるころ、サイェはわたしの父、つまりはサイェの祖父の命日にお寺に行って、何回忌かの法要にでた。寺の庭には父がおくった河津桜《かわづ》が、枝にすこし残っていた。はじめてではないはずだったが、ずっと小さかったサイェにこうした儀式の記憶はなかった。記憶がなかったぶんおとなしくしていたし、いつもながらに口はきかず、かわりに、まわりのものや出来事に惹かれているようだった。

居眠りしてしまいそうな、意味のわからないお経のうねりや、あいだにはいってくる、やわらかくバウンドする木魚の音、ながくのびてゆく鉦《かね》、と、まわりに配されているきらびやかな仏具、花や香のにおいすべてを、サイェは全身で感じていた。

蕎麦を食べ、じゃあ、そろそろ、とひきあげるとき、母は、孫に何本かの和ろうそくを、ティッシュペーパーに包んで、さしだした。下から上にむかって、すこし開いていくようなかたちをしたもの。何色かで花が描かれているもの。ちょっと黄ばんでいるもの、白いもの。円錐台を積み重ねていったようなもの。どれも、ロウからでている芯がふとく、かたまったようになっている。

きれいでしょう？　火なんかつけなくて、つかわずに、持っておいたら。鼻をよせると、ほんのすこし、においがあったりもして、ね。

サイェは学校の帰り、両親のいないうちにはまっすぐ帰らず、わたしのところに寄ってゆく。幼稚園から小学校にはいったころから何年か経っているのに、ほとんど習慣として。法要からしばらく経って、サイェは、あるとき、ろうそくを持ってきた。何の模様もなく、かたちも平凡なもの。

これを灯《とも》して、とサイェは言うのだった。

どこに置いたらいいのかわからずに、使っていない灰皿を洗面所から持ちだし、用意する。古びた喫茶店のマッチがかろうじてみつかったから、火はそれで。

夕方になっていたものの、日がのびていたから、外はあかるい。とはいえ、部屋は、夜へ、すこし、ほんのすこし、むかいはじめていた。春にはね、畳の目ひとつ分、一日、一日、陽がのびていくんだよ、と母が、もしかしたら祖母が、だったかもしれない、言っていたのは、この季節だったか。

まだちょっと早いかも、と、せめて暗くなるまで、と、お茶など飲みながらときをやりすごし、ちょっとだけ我慢してもらってから、火をつける。

――「世界」が生まれてくるのが、ここに、あるみたい。

聞き間違いかと、おもわず、え？　と、顔をのぞきこんでしまう。小学生がこんなことを言う、だろうか。

世界のはじまり、をね、
いくつも教わったの。
先生が、いろんな国や宗教のはなしをしてくれた。
いくつかは、
はじめ、世のなかはふるふるしてた、って、
プリンやゼリーみたいに、ちょっと揺らすと、ふるふる、って。

ここに、みんな、あるんだ、って。


そうだね。

地面があって、水があって、火があり風がある。

大昔、この世のものはつきつめていけば、どんなものでも、四つのものからできている、って考える人がいた。

エンペドクレス、とか、アリストテレス、とか、そんなひと、ね。

サイェは、名には興味を示さない。

かみさま、は、こんなふうにみてたのかな、
わたしたち、みたいに、世界、があるのを、さ。

まんなかにぼっとたっている炎があって、
ふるふるしてるロウが、海みたいにまわりをかこんでる。
炎の熱で風がおこって、空気がまわる。
ロウも炎もゆれるけど、
やわらかいけどかたまっている地面がちゃんと支えて……

とても静か。

こんなふうに静かに、世界をみていたのかな、かみさま。


どんなかみさまを想像してる、サイェ？

鉾《ほこ》の先から雫をたらして、ぽとり、ぽとり、ひとつ、ふたつ、島が、島々ができてきて？

氷と炎だけだったのが、淵《ふち》がひらいて、小さな炎が火の粉となって氷にぶつかって？

すべてがまじりあっているところから、天と地がわかれて？


かたまっているロウがあって、融けているロウがふるふるしてる。

空気が揺れると、炎が、あわせて、ゆれる。

かみさまからすると、世界はこれくらい小さくて。


夜にやってくる闇。まわりも、自分の手先も、そばにいる人の顔もわからない。色もわからない。そんな暗さはどれくらいつづいたのだったろう。一晩なら半日。その半日が、何万年、何億年も。

たまたま手にいれられても、火はなつかない。

なつくまで、なだめたりすかしたり、これもまた長いことかかって。

松やにののこった枯れ木や、油にひたした綿糸をつかって、やっと、そばにいてもらえるようになった小さな火。

ときに飼いならされずにあたりをのみこんでしまうこともあったけれど。

手もとの字はみえる？　ちょっとはなすと、字だっていうのはわかるけど、読めるわけじゃないね。こんなあかりで、字を読んだり書いたりしていたんだ、昔は。書いたり読んだりしないで、考えるほうが長かったのかな。

こういうの、和ろうそく、っていうんだ。サイェ、ミツバチの巣からとったロウでできてるわけじゃないんだよ。

うるし、や、はぜ、って木の実から。

だから、けもののかんじがなくて、どこか、静かに感じられ。

誰かが、あるとき、火を灯して、いつか消えてしまうのって、わたし、わたしたちと変わらないかもしれない、ね。

世界、みたいに、わたし、これ、みてる。

ろうそくの火をみてる。

それでいて、わたし、でもあるんだね、これ。

わたしのなかに、ろうそく、がある、って。
わたしのなか、ろうそくが、ゆらゆら、ふるふる、してる。

夜を明るくする、なんて、ほんとはできないでしょう。
たいまつからろうそくへ、ろうそくから電灯へ、ってあかりが変わる。
ひとの身のたけにあっているあかり、って、
いま、いる、いま、生きてる、のを、いつか、いなくなっちゃう、のを忘れないで、って、
ろうそく、なのかも、しれないね。
東でも、西でも、お寺にろうそくが欠かせないのは、そのせい、だったりして。

サイエ、こんどは、いくつもいくつも、たくさん、ろうそくが灯っているのをみにいこう。
ひとつが消えても、ほかのたくさんが灯っていて、空気のぐあいでおなじように揺れたり
するけど、ろうそくのかたちや色が、それぞれちがう。
融けたロウがながれて、どこかの山のようだったり、ちょっと鼻につくにおいだったり、
さわると柔らかさが違っていたり、を。

夏

新参者

母が骨折した。知らず知らずのうちに骨がよわくなっていて、なれている庭のちょっとした勾配で、あっというま、だったという。しばらく入院しなくてはならないので、毎日ではないにしろ、頻繁に実家にでむかなくてはならない。新聞やヨーグルトはとめ、郵便物や宅急便は再配達をお願いする。冷蔵庫は整理する。ルンバがやってくれるにしても、こまめにはゆきとどかなかったところの掃除もしたほうが。ときには何日か泊まったり。

ここで育ったし、独立してからもまめに戻っている。年末から年始にかけては連泊する。なのに、家はちょっとよそよそしい。なにが、どこが、といえるわけじゃない。ただ、あ、来たの、というかんじで、からだぜんたいにしっくりとはなじまない。家屋がでなく、こちらの心身が、しばらくはなれていたがゆえのなじみが薄くなっていたのかもしれない。

ときどきはサイェも顔をだしにくる。

紗枝といっしょに来て、三人で食事をしてから、母子で帰っていったりも。

おかあさんがいないと、空気がちがうね。

紗枝がいう。そうなんだよ。よく知ってる、勝手知ったる、という家なのに、違うんだよね。歓迎されてない、ってかんじでもないいんだけど。ここに住んでいる年数がちがうしな。

雨戸をあけ、部屋に空気をとおす。

冷蔵庫のなかをすみからすみまできれいにする。シンクにみがきをかける。期限切れになっていた調味料やオイルを捨てる。カタログ雑誌や新聞をまとめる。まだみるようなものはよりわけて。

風呂を洗い、タイルについたカビをおとす。窓枠のところにはアイビーがつたをのばしているので、かるく、切る。

処分待ちでつみかさねている新聞雑誌は、紗枝とサイェがひらいたり、もらいたいからとまたべつに分けたりもして。

五つの飛び石を列島のように配した池は、いまおもうに、内海を模したものだったろうか。長い年月のあいだに湿生植物が、イやマコモがいっぱいになって、浅瀬をおおい、ひとつはすっかり隠れ、ひとつは台座からおち氷山のように四分の一が水面にでて、ひとつは苔むして、かつてのおもかげは大きく変わっている。

ながく掻《か》い掘《ぼ》りをしない池はすぐそこまで水底《みなそこ》がきている。うわづみは季節によっては澄み、積み重なって色が変わってしまった葉っぱがみえるのだが、いまはすこし濁っている。へたにたまった葉っぱをすくいあげようとしても、へどろがういてしまうからやめておく。へたにさわらないほうがいい。

そういえば――金魚がすくなくなってしまった。めったにみかけない。

うごく影はある。つ、つつ、っと視界にはいる。さかなの姿というかんじはない。影。めだつのが一匹。

からだの半分くらいがあかく、のこりがくろい。金魚とフナがまじっている？

金魚はフナからつくられたものだから、先祖がえりをすることがあるんだよ。言ったのは誰だったか。おじいちゃん？　母？　ほんとかうそか、伝説か。いずれにしろ、赤、というより、オレンジの金魚のかわりに、くろく、ちいさい、流線形のが何匹かいるのはたしか。

そんなはなしをサイェにすると、めいは「きっとネコに狙われないように、色かえたんだよ」とうれしそうに言う。

そんなはなしをおぼえていたからか、つぎにサイェはおみやげを持ってきた。おかあさんが、おじさんへ、って、と言って、大きくふくらんだビニール袋にちいさな金魚が二十匹。

池がにぎやかになってると、おばあちゃん、退院したとき、よろこぶとおもう。生きものがいるといいよね、といつも言ってたし。

サイエがおもしろがっているのか、紗枝が、なのかわからないが、来るたびに金魚はふえた。たぶん、五、六十にはなっただろう。新参者のほうがずっと多い。

サンルームから縁側にでると、あたたかくなった水のおもてに、赤い模様がみえる。玄関から木々のあいだをぬけて池のそばに行くと、足音が水にひびくのか、すぐ、散ってしまう。苔むした灯籠の下あたり、スイレンのまるい葉がういているあたりに隠れて。餌づけでもすればいいのだろうが、水草は豊富なので、わざとそのまま。

おじいちゃんが手入れをしていたころは、コイやフナがいたし、ちょっとくるまで行ったあたりでとれたサカナをいれたりしてたんだ。カエルなんかもね。でも、いつのまにかいなくなっちゃったな。ガマだけは顔をだすけど。

池のまわりでは紗枝といっしょによくあそんでた。むかし、こどものころね。つい、手にしてたのが落ちてしまったり、なんてあったんだが、まだ水の底にあるかもしれないな。

——新参者たちが、なんだろ、これ、って言ってるかもね。

「ぷかぷかわらった」りするかもしれないし。

——「やまなし」、ふふ……。

手紙

気候が不安定だったせいか風邪をひいてしまって、ほぼ毎日学校帰りに寄っていくサイェにも、しばらく遠慮してもらうことにした。口数が多くないめいは、一通の手紙を送ってくれた。外出も一切しなかったせいで、気づいたのは何日かしてからだったけれど。十代になってはいても、すこしおとなびている文章は、紗枝のアドヴァイスがあったのか、どうか。あるいは手がすこしはいっていたのか。サインだけが手書きのプリントアウトではわからない。逆に想像をたくましくもさせて。

おじさん、

梅雨にはいってしまいましたね。お風邪、いかがですか?

大雨がつづき、東京にも洪水警報がでています。暑いのと寒いのがこんなふうにいれかわって、わたしも風邪をひきそうになっています。

遠いところで洪水が、というはなしをしてくれましたね。知り合いがそちらにいらっしゃる、とも。バルカン半島ときいても、わたしはぴんとこなかったし、ましてやセルビア、クロアチア、ボスニア・ヘルツェゴビナ、とか、サライェボ、ベオグラード、とか、はじめて耳にしました。いまこうやって書けるのは、かあさんにあらためて尋ねてみたからです。

かあさん、こんな一節を読んでくれました。

「津波は日本だけじゃなくてアジア各地で起こるんだなあ。人は死んだ。動物は助かった。先に地球の深いところから振動を聞き取り、避難した。人は動物の声に耳を傾けなくてはならない。いいかい、リズムだ。インド人が言うように、ものを観るリズムを呼吸のリズムに調和させることだ。じっくり生きる。時間の中に宝物が隠されているのさ……」

雨がどんどん降って、川、運河が、あふれてしまう。水が地面をおおってしまう。何年か前、津波、を、津波がやってくるのを放送で何度もみたけれど、似ているのでしょうか。それとも近いところも似たところもあるけれど、ちがうのでしょうか。正直、あまり想像ができません。想像できないことがおこる。想像できないことがある、がおそろしい。

おなじものなのに、少ないのと多いのとではちがってくる。量、ってことなのかしら。水、そうですよね。コップ一杯の水は欠かせない。顔を洗うのも、お風呂にはいるのにも。猫にも鉢植えにも。そんな水が、でも、多いと町を、土地をのみこんでしまう。

おじさん、まえに、乾いた土地に雨が降ってくる、そのさまをよろこぶ人たちを描いた文章を読んでくれたことがありました。『川が川に戻る最初の日』？　望まれる水がある。必要とされる水が、祝福される水がある。おなじ水がわざわいになってしまうのは、どこで、なんでしょう。

かあさんは、バルカン半島には複雑な歴史があって、と教えてくれました。本棚の奥のほうからだしてきたのは、坂口尚の『石の花』というマンガです。おじさんがかあさんに、読めば、と渡してくれた、とか。人種も宗教もいくつもあって、このはなしは第二次世界大戦のことだけど、五十年したら、また、ややこしいことがおこってしまった。いまはおさまっているけれど、地雷がとりのぞかれないままで、この洪水でも「二次被害」――このことばもおぼえました――があるのだ、と。

わたしにわかるのはほんのわずかなことです。知識もないし、ちょっとみることができる写真やテレヴィがせいぜい。できるのは、そこに自分がいたら、です。すこし想像しても、こわくなって、ふたを閉じてしまったりするけど、でも、想像の「先」、もっと広がっている現実があることは忘れない。

地球のなか、大気圏のなかで、ほかの月や太陽とかかわりながら、雨が降ります。ひとが降らせているわけではない。すくなくとも、直接には。いろいろなもののからみあっているなかで降る雨も、どうにもできない。自分たちがつくりだした地雷もどうにもできない。これってよくわからない。もっと大人になれば、勉強をしていけば、わかるようになるのかな。おじさんは、もっとわからなくなるばかり、って苦笑いをするかもしれません。

わたしには、地球の、振動が感じられているのか、どうか。空気や雨の、ちょっとしたゆれならわかるかもしれない。もっと生きていたら、どうなんだろ。そのなかに、遠くからまじってくる、植物や動物やひとのいき、いきづかいがわかるようになったら、いいのに。

おじさんの風邪。このごろよく風邪をひくけど、こんどのは長引いているみたいだし。大したことない、というのはわかっている。わかっているけど、じゃ、何も言わないと、心配していることも、眉間にしわをよせてるほどではないことも、伝わらないし。心配、って一言、それだけでもいいのかもしれない、と。

＊ 引用は、山崎佳代子『ベオグラード日誌』（書肆山田、二〇一四年）、二〇〇五年一月十三日（木）の日記（一一二頁）から。

＊『川が川に戻る最初の日』は管啓次郎の文章、『ろうそくの炎がささやく言葉』（勁草書房、二〇一一年）所収。

クローゼットの隅から

ねぇ、口を大きくあけて、はー、ってすると、
どうして、息があたたかいの?
あっというまに終わってしまうの?
小さくすぼめて、ふー、っとすると、つめたくて、
ずっとずっと、はー、っていうのよりながくもつでしょう?

サイエにはどきりとさせられる。
おなじような疑問をわたしも子どものときには抱いていたようにもおもう。
友だちと、通学時のバスのなか、
あーだこーだと窓ガラスに息を吹きかけながら、やっていた。
とはいえ、こたえはいまだに知らない。
誰かに教えてもらったこともない。

サイェとおなじように訊いたのかもしれないが、これまたおなじように、正解は得られなかった、のだろう。

サイェは毎日のように、学校が終わると、やってくる。

わたしの妹、紗枝が迎えにくるまで、好きにすごしている。

あるとき、サイェはクローゼットの隅から古いコンサーティーナを引っ張りだしてきた。

随分前、家でしごとをしているばかりだと気がめいるから、何か楽器でもやってみようか、とじぶんのために買ってきたのだが、ろくに指づかいさえおぼえられず、そのままになっていた。アコーディオンの小型版？　八角形で、両側にボタンがついているから、ちぢめると小田原提灯《ちょうちん》みたい。ハーモニカと似ていて、空気を楽器にいれるのとだすのとでは、音がちがう。

右手の人差し指で押さえて、蛇腹《じゃばら》を引く、と、「シ」。

そのまま蛇腹を押す、と、「ド」。

ややこしさから楽器を遠ざけた。

サイェが興味を持ったのは、まず、かたちから。

おずおずと、膝のうえに楽器をのせ、両手ではさんで、音をだす。

はじめ、うろおぼえながらも、いくつかの指づかいを教えた。

楽器を抱えているサイェを、背のうしろから手をのばし、いっしょに楽器にふれ、指をかさね、押したり引いたりする。

サイェは音階をおぼえることに熱心じゃない、どころか、まるで興味を示さない。どの音がどんな指づかいなのか、には。

そんなのおぼえなくていい、という表情をし、からだはぐんにゃりしている。


すぐ飽きてしまうのでは、とおもっていたが、そうではなかった。そもそも、サイェは、この小型の楽器で特に「曲」を演奏しようとおもってはいないよう、なのだ。


なにか、この、宙にある空気を、自分といっしょに吸いこんだり吐いたりする。

そんなときに、ふと、楽音がこぼれる。

うれしいのはそこらしい。

楽器を手にしていなくても、サイェはいろいろと息の音をためしてみる。


唇をすぼめて、ふー、っと吹く。

はじめはゆっくり、それからだんだんつよくする。

きつくしめて、やはりゆっくり、それから急激につよくして、とめる。

「北風と太陽」？

吸うほうもおなじ。

何度か、す、す、す、と吸って、ひとつづきでこんどは吸う。

唇や息のつよさを変えて、吸ったり吐いたり。

ごくたまに小さく咳こんだりして。


楽器を手にしているときも、キーを押さずに、蛇腹を押したり引いたり、そのときに空気がではいりするかすかな音に耳をかたむける。

キーをぱちぱちしてみたり、蛇腹を爪でばらばらしたり、木の部分を指先で叩いたり。

ぽ、ぽ、ぽ、ぽ、と頬と唇でだしてみたり。


蛇腹をだしいれする楽器のたぐいを、かつては手風琴と呼んだものだったが、サイェにとっては、「手で風をおくる楽器」というほうが、自然なかんじだったかもしれない。

そう――サイェは、コンサーティーナで音楽を奏でようという気はなかった。

楽器をとおして、べつの聴き方をする、とでもいうような。


そんなだから、いつまで経っても、わたしのコンサーティーナは、楽器としての機能をはたさずにいる。サイェが部屋のなかの空気と対話する不思議な八角形の箱、のまま。

でも、でもね、サイェ、音楽を奏でるのもいいものだよ。

ほんとなら、この手風琴の持ち主が、ちゃんと一曲弾いてみせてあげなくてはいけないのだけれど。

それに、風の音なら、楽器はここにおいて、部屋をでて、べつのところに行かなくては。


すこし遠出をしてみよう。

船がみえる、かな

おばあちゃん、神戸から上海に行ったの？

サイェと紗枝は神戸に短い旅行をしてきた。めいはそのとき、子どものころの、わたしの、わたしたちの母のはなしを聞いたのだろう。紗枝も、わたしのいないときに母から聞いていなければ、詳しいことは知らないはずだ。めいがわざわざ尋ねるのも、はなしを濁《にご》したからにちがいない。

行くときは「たいようまる」、帰ってきたときは「たつたまる」。いまはきっと海の底なんだろうけどね。

小学生だったのによくおぼえている、とおもった。こちらは乗りものの名などひとつもおぼえていない。こちらも何度か聞いたから、昔日の船の名は記憶していた。サイェに伝えながら、まさかあろうとはおもわずネットで検索をかけてみたら、あったのだ。それも

Wikipediaに。

どの程度正しくどの程度間違っているのか知る由《よし》もない。いや、正しい正しくないより、母の、叔母の、祖父母の乗った船が急に現実感をもったのに驚いた。

サイェも一緒にパソコンの画面を見ていたが、〝おじさん〟が何か、特に何かを言うわけでもないながら、興奮しているのを感じたか、どうか。サイェも白黒の解像度のよくない船の写真をみて、〝大洋丸〟であり〝龍田丸〟として「見える」ことに、何か感じているようだった。

〝大洋丸〟はドイツからイギリスに、さらに日本にわたったもので、いま横浜にある氷川丸よりも大きかったらしい。でも一九四二年五月にこの船が、〝龍田丸〟は一九四三年二月に潜水艦に沈められたという。

母の言ったとおり、船はどちらも海の底だ。当時のニュースで聞いているわけではなかろうし、ニュースそのものがながされていたかこころもとない。


上海には、祖父の転勤で行ったという。両親と娘二人の四人。住んでいた小田原から神戸まで汽車で行き、一晩泊まった。南京虫にくわれてね。立派な旅館だったのに、港町だから。そう何度か聞いた。

サイェは、紗枝のしごとにくっついて行っただけだし、夜は紗枝の学生時代の友だち母娘と食事をしたくらいだったから、神戸に行ったとはいえ、ほとんど街を見ていなかった。港は、と尋ねても、ん〜、とはっきりしなかった。戦前と二十一世紀の神戸とそもそも比較できるのかどうか。わたし自身行ったことがないのだし。

船ではね、食事のたび、大きな食堂に行くの。ナイフとフォークで洋食を食べる。おじいちゃん、うまかったのよね、扱うのが。フォークの裏にごはんをのせるのが正式だと信じられてた、そのころはね。

大勢人が乗ってたし、子どもは子どもどうしで遊んだけど、ちょっと違うの。ちょっと〝上〟だなって感じてた、子どもながらに。

陸地が近づいてくると、海の色がだんだん変わってくる。あかく濁ってくる。揚子江？黄河？　の泥がまじってくるんだと言われたけど、ほんとにそうだったかしら。

上海にいたとき、戦争になるというニュースがあって。こりゃあたいへんだとすぐ行動するのがおじいちゃんだったたね。おばあちゃんはいたかったの。丈夫じゃなかったし、むこうにいたら、アマはいたし、楽だったから、帰りたくないって。でもおじいちゃんは断じて帰る、と言ってね。そのままいたらどうなってたか。犬もおとなりにあずけて。

わたし、いまのサイェよりずっと小さかったじゃないかしら。

むこうには一年いたかいないか。あまりおぼえてない。おばちゃん、あ、おばあちゃんのおねえさん、亡くなってしまったねえさんね、だったらもうすこしはっきりおぼえてたんだろうけど。

帰りは横浜まで来た。むこうでつかっていた家具なんか持ってきたでしょ、応接間にある猫足のテーブルや、二階の飾り棚なんかをね。港に着いたとたんにおじいちゃんはおなかこわして、赤痢かもしれないって入院させられちゃって、そんなことぜんぜんできなかったしやったことなかったおばあちゃんが、みんな、やったの。こどもふたりつれて、よく、とおもうけど、それってそのときおもっていたのかいまふりかえっておもうのか、わからない。わからないね。

母から聞いたのを紗枝が、わたしが、サイェに話す。母もきれぎれに孫に話しているかもしれない。それぞれちょっとずつずれながらひとりのきき手のなかにたまっていき、まじりあう。サイェもまた誰かに話すこともあるだろうか。はなしのなかで母は、叔母は、祖父母は何度も神戸から船に乗り、あかくなった水をみて、横浜に帰ってくる、若いまま。

＊

大洋丸についてはウェブサイト(https://cruisemans.com/b/punipcruises/8087)内の記述を引用――「この船はもともとはドイツのキャップ・フィニステレという名前の貨客船でした。当時の所有会社はハンブルグ・アメリカ・ライン、今のハパグ・ロイド社ですね。／第一次世界大戦後、戦勝国となった日本政府がドイツから押収し、当時の東洋汽船の運航で天洋丸、地洋丸とともに大正時代のサンフランシスコ航路に就航していました。／その後、東洋汽船と日本郵船の合併に伴い日本郵船に運航が委託されイラストのような皆さんおなじみの二引きのファンネルマークになりました。／一九二九年には正式に日本郵船に払い下げられましたがその後は東亜海運にチャーターされて上海航路に就航しています。／太平洋戦争中はご他聞に洩れず軍に徴用され一九四五年、残念ながら長崎県男女列島の沖合いで米潜水艦の雷撃を受けて沈没してしまいました。」(ここでは、大洋丸が沈没したのが「一九四五年」とありますが、ほかの資料では「一九四二年五月」で、おそらくこの記述は誤記でしょうか。)

＊

龍田丸については、こちらのウェブサイト(http://syowakara.com/05syowaC/syowaC06tatsuta.htm)内からの引用――「この[龍田丸]は昭和五年に竣工した日本郵船所有の客船で、総トン数一六九五五トン、全長一七〇m、乗員乗客一一六八名という大型船です。／サンフランシスコなど北米航路を、同じ頃に竣工した同型船の[浅間丸]や[秩父丸]などの姉妹船と共に担っていました。／因みにこの頃に竣工した大型船で現在も残っているのが、横浜山下公園に停泊している[氷川丸]です。」

木のスプーンから

サイェが木のスプーンのコーナーからはなれない。くるみ？　なら？　けやき？　素材はわからないが、軽い木で、茶色やこげ茶色、木目のはっきりはいったのと何種類もが大きなカゴにはいっている。通りすがりに、手でふれるといくつかがうごいてかわいた音がした。めいは反応して手をだし、何度も何度も、さわっている。たつ音に耳をかたむけている。

週ごとに出店がかわる、駅ビルの催事場。スプーンのとなりには箸（ビニール袋にはいっている）、しゃもじ、大小の桶、風呂用の椅子、檜《ひのき》の香り玉、と、木製品がほとんどだが、ところどころにビー玉や万華鏡、水鉄砲、空気鉄砲、竹とんぼ、ブリキのじょうろ、寄木細工の箱なんかもある。ひとわたり、桶を指先ではじいたり、手にとってたたいたりして、さいごのところでひっかかってしまった。

売っている人は、気にしていないようだ。ぱらぱらいるお客さんも、見てまわるというより、ひとつところでとまり、ためつすがめつしている。

ネットにはいったビー玉を何度か手でかるくバウンドさせてみる。なかのビー玉はちょっとだけ動いて、ガラスどおしがあたり、音をたてる。

映画『アメリ』にでてくるビー玉のエピソードを想いだしたりも。ビー玉で勝ったり負けたり交換したりにはなじめない。いろんな色があり、なぜか深いみどりいろが多かった記憶が。すきとおって、ころがって、音がして。ただ眺めたり、転がしたりだけで、いつのまにか時間が過ぎる。似ているのにおはじきより気にいったのは、ころがるから、不安定だったからか。

すこし前、買ったばかりのフライパンを傷つけた。ナイフだったかスプーンだったか、トングだったか、不用意にちからをこめて、底に筋がはいったのだ。食器なんて傷が、よごれがついてのもの、使いこんで良さがでるとおもっていたのだが、あとでサイェが傷跡をみつけて、痛そう、とぽそりと言ったのが気になった。それなら、調理具もできるだけ木にしてみようか。傷がつきにくくなるだろうし。ここで買う必要はないけれど。

サイェの集中はやまない。わたしはそのあいだに、ひとつ、おもちゃを買って、手持ちのバッグにしまった。

釣り銭を財布にいれてめいのほうをむくと、ちょうど、覚めたようにこちらにむいた目とあう。視線を戸外にむけると、そのまま、それぞれに外にでる。

スプーン、気にいったの？　音がよかった？

サイェはおだやかな顔をしている。なんかね、たくさんあるでしょ、ゆっくり上のほうをうごかしてると、底のほうまで伝わってくかんじが。うごいてるのはいくつかなのに、どれもが〝わかった〟〝わかってる〟〝わかってるよ〟って。でね、砂浜、おもいだしてた。砂浜で穴を掘って、それって、ここだけなの。ここだけなんだけど、みわたすとずっとずっと砂浜で、きっと砂つぶたちはみんな、〝わかってる〟〝感じてる〟って、ね。

そうか、と言って、正直よくわからないながら、めいはあそこに身をおきながらずいぶん遠くまで行っていたんだな、とおもう。こっちはいつしかおいてきぼりになっていたんだ、と。ならば、かばんにいれたおもちゃはまたべつのときにだしてみよう。きょうサイェは満ち足りているだろう。

歩いていると汗ばんでくる。梅雨があけかけている。サイェは一足先に海辺にでかけてきたようだ。

なくなった駅、焼野原のごはん

気にしなくたっていいの、昔からよくとまってたんだから。

そんなにとまってなんていないよ。電車が遅れて学校に遅延届なんてだしたことなかったし、ストライキのときは休んだしさ。都心を走ってたメトロが、在来線にやたら乗り入れてからでしょ、こんなにとまったり遅れたりするようになったのは。

あんたよりずっと昔のこと言ってるのよ。まだ駅がひとつだったころ、いや、いまのところよりもっと商店街に寄っていたころ。あんた、前の駅、知ってたっけ？

それって……おぼえてない――から、むしろまだ汽車もはしってたころ……

生家《せいか》に行こうとサイエとメトロに乗ったはいいが、めざす駅のいくつか前で乗り換えるとき、足どめをくらった。人は多くなかったが、ホームでしばらくぼんやりしなくてはならなかった。ようやく着くと、あらあらどうしたの、水ようかんがあったまっちゃったじゃない、と母が言う。サイェがすこしだけしゅんとした様子でメトロの遅延を謝る。と、いきなり、母の時間が何十年もさかのぼったのだった。そうよ、しょっちゅうとまってたんだから。

学校の行き帰りでとまると、近くに住んでた友だちと、ほら、あんた名前は知ってるでしょ、しづこさん、線路を歩く。歩きにくいんだ、黒くて曲がったまくら木にぴょんととんでいくんだけどまわりの石がやたらごつごつしてて。はじめはちょっとはしゃいでいてもだんだん口数も少なくなって、やんなっちゃうなあ、って。陽もかげってくるし、こころぼそくなって、川のとこなんかやだったなあ。大丈夫なんだけど、やっぱり、渡るのはね。あんたなんか絶対むり。

そう言って、笑う。

はじめはね、ずっと勝ってる、そう言ってたわけ。能天気に、そのまんま信じてた。よろこんでた。近くに飛行場があったでしょ。航空隊？　の人たちは白いマフラーなんかしてて、女学生はかっこいい、とか言ってたのよ。どうなるかなんてわかってなかった。その人のうちのこともね。そういうとこから、だんだん雲ゆきがあやしくなってくるの。空気でわかった。勉強そっちのけでいろいろやらされるしね。ほら、あんた持ってきたDVDがあったじゃない、『笑の大学』、三谷さんの。笑っちゃいけない、不謹慎。こっちは箸がころんでもおかしいころなんだけど、ちょっと気をつけなくちゃならなくなった。友だちとはいつもと変わらないし、おじいちゃんはあんな人だったから、からから笑ってたけど、ところによっては堅苦しかったんだ。

学校で空襲警報がなったことはないの？

戦時中のことは前にも何度か聞いていた。でも、ふと、気になったので尋ねる。

学校で、って記憶はないの。都心から離れてたからかしら。でも、通学中には何度かあった。乗ってるとき。警戒警報ね。そんなときは近くの駅にとまって、乗ってる人たちは降ろされて、そばの防空壕にはいって、しばらくそのままじっとしてる。解除になるとさっきの汽車に乗るの。

B29が一機、ぶうんと飛んでいったのがみえたり。偵察してたのよね。音でわかる。どのあたりかって。絶対音感のある人が飛行機の種類がわかるようにと訓練を受けたり、っていうじゃない？　そのころは知る由もなかったけど。

――このうち、地下室、あったんでしょ？

サイェにはなしをしたのはいつだったか忘れてしまった。おぼえていたんだな。

そうよ、庭の、あっちのはしに防空壕つくって、そこまでおじいちゃん、あ、わたしのおとうさん、サイェにとってはひいおじいちゃん、ひとりで掘ったの。たいへんなはたらきだったよ。

はじめから地下室は、あったの？

あのころはね、わたしも子どもだったからよく知らないんだけど、地下室がないとうちを建てる許可がおりなかったらしいわ。そう聞いたことがあって。

学校の最寄り駅、いまはもうなくなっちゃった。東京大空襲のときに焼けて、そのまま。あんたたちの言い方だと、ないことになっちゃった。うちからは何駅かあったから、あのときもちゃんと帰ってこれたけど、おばちゃん――サイェ、おばちゃんってわたしのおねえさん、あんたは会えなかったけど――はね、下町に勤労動員で行ってて、その日は帰って来なかった。夜が明けておじいちゃんが自転車で探しに行ったら、途中で会ったのよ。都心への太い道は一本だったから行き違わずにすんで。帰ってきたら顔がすすで真っ黒。亡くなった人たちもずいぶんみたようよ、言わなかったけどね。

大空襲の翌日だったかな、学校から何人かで、焼野原に行ってみた。ただ、黒かった。でね、大きなおかまがあって、蓋あけてみたらごはんが炊けていたの。お米がなかったころでしょ、なのに、それだけ真っ白でね。まわりに人はいないし。友だちもみんな、あら、という顔で見てたけど、何も言わなかった。

なんだかんだ言ってもね、親はありがたい、っていまおもうのよね。のほほんとしてても、なんでもやってくれてたんだから。

サイェはいつものようにほとんど表情を変えない。一呼吸おいてから、とても小さく、誰ともなく、にゃ、と言って、水ようかんを一さじすくった。

気にかかるゴーシュ

めいのサイェは、毎日のように、学校の帰り、わたしのところに寄って、母親が迎えにくるまで、過ごしてゆく。

わたしがしごとをしているとなりの部屋で、ソファに腰かけたり、腹ばいになったりしながら、宿題をしたり、本を読んだり、ぼんやりしたり。

ある日、『セロひきのゴーシュ』って知ってる？　ときいてきた。

うん。もちろん。

はじめて読んだ宮澤賢治は『ゴーシュ』、だったよ。

サイェとおなじ年頃だったかな。

サイェはこっくりうなずく。

そのあと、あのね、と、つづける。

ちょっとひっかかる……ひっかかることがあるの。


ゴーシュで？

――うん。


金星音楽団の楽長が、「演奏まであと十日」という。

その日の夜から、ゴーシュの家、

「町はずれの川ばたにあるこわれた水車小屋」に、動物たちが訪れる。

「ごうごうごう」

と、
セロをひいていると、だれか、うしろの扉を
「とんとん」

と、たたく音がする。


それが「大きな三毛猫」。

「トロメライ」を頼まれたけど、ゴーシュははげしい「インドのとらがり」を「あらしのようないきおい」でひく。

三毛猫は目が「ぱちぱち」しちゃって、ゴーシュのまわり、「ぐるぐるぐるぐる」まわってしまう。

――二晩目、「ぐんぐん」セロをひいていると、「カッコウ」、だったかな。「屋根裏をコツコツ叩く」の。

ガラスに何度もぶつかって、しまいには「どこまでもどこまでもまっすぐに飛んで」いく。

三晩目は狸の子だけど、ここからゴーシュは動物にあまり反感や敵意を持たなくなってくるんだ。

――そうして野ねずみの親子がやってくる。

ゴーシュは「ああ。ねずみと話すのもなかなかつかれるぞ」と言って、眠りこんじゃう。

すると、ね、いきなり、ほんとにいきなり、「それから六日目の晩でした」なの。で、金星音楽団の本番……。

一晩、二晩、三晩、四晩と動物が訪れる。つづいて、五、六、七、八、九ときて、十で六日目。あいだに五日、なにもいわれてない日がある。それがひっかかる？

きっと、ただ、なにも来なかっただけじゃないかな。

ゴーシュはひたすら、熱心に、「ゴオゴオゴオゴオ」ってセロを練習してたんだろうけど。


サイエはちがうという表情もせず、しばらく、黙っている。

なにか、言いたい、言いたいけどなかなかいい言いかたがみつからない。

てさぐりで、ゆっくり、と、あたまのなかにちらばっていることばを、ひろいあつめている——みたい。


わたしは待っている。


——おじさん、いま、きいていた？　ううん、きこえてた？

サイエは、ふと、問いかけてくる。

え？　なに？

なにを？

サイエのいってたこと、ゴーシュの空白の五日間、だよね？

――ええとね、おじさん、わたし、だまってたでしょ、いま、いまさっき。

だまってるあいだ、なに、きいてたか、って。


あいかわらず、わたしはとまどったまま。

きいてた、って……なにもきいてないよ……サイェがなにかいうのを待ってただけだもの。


サイェはゆっくりとまぶたをとじ、ひらく。

この子のくせみたいなものだ。

くせ、というより、儀式みたいなもの、か。


――ゴーシュ、はね、いまのおじさんみたいなかんじだったんじゃないか、って。

三毛猫さんがきて、カッコウさんがきて、狸の子、野ねずみ親子。

そうしたら、また次の日、きっと――っておもうんじゃないかな。

きっと誰かが、って。

「扉をこつこつ」って。

それに、いろいろな動物たちが、自分のひいてるセロに耳をかたむけるのを、もう、ゴーシュはしってる、でしょう?

そうだね。

ゴーシュは、姿はあらわさないけど、
「きいている」動物たちがいて、
「きいている」耳があることを、知ってる。
動物たちがきいているものを、ゴーシュも「きいている」。
きこえないかもしれないけど、
そこにいる動物たちのこと、動物たちがそこに生きていることを「きいて」いる。

ゴーシュは耳をすます。

いろいろな音が、無数の音がしたのだろうとおもう。

虫の、水の、風の。

もしかすると、天空の星のまたたきや、遠くをはしってゆく鉄道の音も。

動物たちが耳にしているさまざまな音や、通りを歩くひとの声、あしおと、冷蔵庫のモーター、自分やサイィの息づかい、などなど、などなど、届いているはず、だった——。

「表情というものがまるで、できてない」と、金星音楽団の楽長にいわれてしまうゴーシュ。

水車小屋で動物たちとやりとりしながら、おこったり、いらだったり、あわれんだり、やさしいきもちになったりして、きっと自分の「表情」を、自分のからだだけじゃなく、セロからもだすことができるようになった、かな。

カッコウにドレミファを、狸の子にリズムを、そして三毛猫と野ねずみ親子に表情を教わって。

ゴーシュは、楽器の音をたのしむのも、音楽を奏でるのもあるけど、なにか、もっと、べつのなにかを、伝えたり、べつのものをきいたりできるようになったんだ、きっと。

何日かして、サイェはソファのうえで、ぽつりというのだった——いつか、楽器、やってみたいな。

風鈴の

ヴェランダの風鈴がなっている。
ガラスの、かるい音がいくつか、ピッチを違えて。鉄でできた風鈴は、すこし暑さがおちついたころ、ひとつ、ながい余韻を残すのがいい。そんなのにくらべると余韻が短かい。おととし、去年、今年とひとつずつふえ、三つになった。吊り下がっている柄もガラスだから、ガラスがガラスにあたって、ひびく。
サイェは昼をすこし過ぎたころにやってきた。夏休みだから、来る時間はまちまち。卓袱《ちゃぶ》台《だい》にむかいあって麦茶を飲んでいると、ついさっきより、外はずいぶん暗くなっている。

——三度？

サイェが、ふと、言う。

そうだね。

――ファ♯、ラ？

ファ♯・ソ・ラで三度。

――それとも、ソ・ラ・シ？


どっちかなあ。

あいだくらい、じゃないか。

風鈴は、オリーヴの枝をちょっとしならせて、揺れる。

ほおずき市で買ってきた鉢についていたのを、サイェが移し、大きな実がなっているみたいでもあり。

ふたつが透きとおっていて、花火と水草が、もうひとつは赤い地にはなびらだろうか。

風のつよさやむきで音は変わる。

きこえるのはファ♯とラ。だけど、さ、風鈴は三つあるんだよ。

ふたりして揺れる枝を、風鈴をみていたが、サイェは網戸をあけ、つぶれたサンダルをつっかける。腰をおとし、風鈴に手をのばす。

ひとつ、をゆらし、もうひとつをゆらす。ふたつを交互にならしてから、のこったひとつをならす。それから、最初のをならす。そうするあいだにもべつのを風はゆらしつづけていて、音はやまない。

——左の枝のがファ♯、手前がラ。

こっちのがファ♯だけど、ちょっと低い。

まざってなると、まぎれちゃうのかな。

はなしをしている、と、サイェは、あ、雨、とひとりごちる。

まだとうぶん夕方にはならないし、まだ昼すぎだけど、夕立ち。

雨のにおい、きらいじゃないな。

雨がつよくなり白く網がかかったようになると風鈴はふっと黙ってしまった。風もほとんどなくなった。サイェは濡れるのもかまわず、ヴェランダから雨をみつづける。わたしたちは黙っている。

むこうの空が白くなる。

ものの五分で雨はすっ、とひき、セミがなきはじめる。


おしめり、だな。

――おしめり？


そんな言い方があってさ。地面がかわいてるのを濡らすくらいの雨、ってとこかな。これくらいだとまだ少ないかもしれない……

陽がでて空が明るくなる。

枝が揺れるが、風鈴はならない。かわりにセミがほうぼうでないている。

えとーてむ

シンガポールに出張した友人と会った。

ホテルと仕事場のあいだを往復するばかり。あとは食事にでるだけ。街のことなんかわからない。外にでても、陽射しがつよいから長く歩けないし。みたのは遠くから眺めた奇妙なかたちの建物、エスプラナードだけ。あとは……口から水を吐きだしているマーライオンの像のまわりをぐるっとしたかな。しごとで何カ国行ったとか、自慢げに言うひとがいるよね。でもさ、出張でどれだけ行っても、点と点の移動しかしてないんじゃないかな。今回よくわかったよ。あれでべつのとこ、べつの国、街をみた、なんてとてもじゃないけど言えないって。じぶんもシンガポールに行ってる、って実感はあまりないし。

「シンガポール・スリング」の店には行ったよ。ラッフルズホテルのバー。天井のいくつもの木の葉？　でできたうちわが動いて、空気をかきまわしてた。落花生の殻は床にほおりだしてかまいません、っていうのはおもしろいよ。おもいだしたのは『風の歌を聴け』。本じゃなくて、ほら、村上春樹のデビュー作、映画化のさ。あれにでてくるバーの床って、落花生の殻がいっぱいなんだ。最後のシーンだったかで、ぱーっと殻が巻きあがる……——って記憶があるんだけど、随分昔にみたからあやふや。一瞬のローアングルを妙にはっきりおぼえてる、けど、ほんとかどうか。だけど、ほら、そのジェイズ・バーのモデルみたいなのがあって、一方、実際にあったのはラッフルズホテル。あれ、村上龍の小説にもなってたよね。だから、ダブル・村上があそこでぱーっとこっちを何十年かタイムスリップさせたって勝手におもった。ふふ。それだけで充分だったね。しごとはタイヘンだったけどさ。

饒舌な、気のおけない相手といるのは楽だ。ひとしきりしゃべった友は、そうそう、と包みをとりだしテーブルの上におく。みやげというほどのもんじゃないが、シンガポールにもあったんだよ、十二支がね。だから、おまえの干支《えと》の本。それぞれの動物ごとに十二冊ある。おれ？　おれは買ってないよ、買ったのは菓子さ。あと、マーライオンのぬいぐるみ。家族サーヴィスでね。

なぜ菓子をみやげにしない、となじってから、シンガポールのはなしからはなれ、雑談をし、別れた。

あいつがおもっているほど十二支に興味を持ってはいない。でてくるいくつかの動物に関心があるだけで、じぶんの干支も滅多に気にはしない。性格とか年まわりも、だ。よく知らない人に訊いて、勝手な想像をしたりするのはおもしろいけど。もらった本も、ソファに寄りかかりながらぱらぱらぱら眺めはしたものの、すぐ放りだした。床に積み重ねたほかの本のうえに、英語の小さな本が一冊。

本の山のいちばん上にあったせいか、ふだん大して山に興味を示さないサイェが手にしている。英語だから、絵をみているだけなんだろう。ところどころに、風水の図解もはいっているから、そういうところを想像で補いながら、かもしれない。

——これ、干支、の本？

わたしはうんうんとうなずく。シンガポールに行ってきた人からもらったんだと説明する。

——シンガポール、英語、なの？　でも、干支、がある？

住んでいる人の多くが中国系だし。英語なら、ほとんどどこでも通じる。らしいよ。中国語やマレー語もところによっては、ってことみたい。ふつうは英語。干支はべつにそこだけじゃない。アジアにはどこでもあるんじゃないかな。詳しいことは知らないけど。

——なんか、ヘンだな、といつもおもう。干支。

架空の「たつ」が、ふつうの動物たちのあいだにちゃっかりならんでるから？

――ちがう。

「ねこ」がいないから？

――じゃなくて。

空を飛ぶのがいない。「とり」といっても、飛べないにわとりだし。

――「たつ」がいるじゃない。翼なんかなくたって、「たつ」は天からくるでしょ。

ヨーロッパの「たつ」は翼がはえてるけどね。あれはまあ、べつものか。ドラゴンって。

――気になるのはね、「う」が三つもある。「うし」「うさぎ」「うま」って。

え？

——最後に「い」がつづく。「いぬ」「い」って。

べつに、いいんじゃないかな、それは。

——ほかにもね、ある。「たつ」「み」って、からだの長いのがつづく。なんでそこにいきなり、って。「み」、「へび」って足がないし。

ものすごく古くからあるんだよ、干支。方角とか時間とか、占いとか結びつけられたりするけど、もっと前からあるらしい。漢字ができる前の、ふるーい中国の、甲骨《こうこつ》文字なんていうのにもでてくるとか。大昔の人たちが考えてならべたのを、後の人たちがまた自分たちで考えて意味をつけたりしたんじゃないか。こっちはこっちで、もう、勝手にいろいろ想像していいんだ。と、おもってるけど。

——おじさん、さっき言ってた、いないはずの「たつ」がまじってるのも、勝手に考えていい？

いいんじゃない。

――ほかのも？

そうだね。だけど、場所によって違ったりするんだよ。ほら、これ、「い」が「いのしし」じゃなくて「ぶた」だよ。最後がいのししで終わるほうが少ないらしい。それに、ヴェトナムだと「う」はうさぎじゃなくてねこ。「うし」は水牛。「ひつじ」は山羊、って。やっぱり、身近ないきものがはいってくるんじゃないかな。

――「たつ」も？

ひとつくらい、想像から生まれたものがはいっててもいい、とか……。みてごらん、ネットで調べるとこんなこともでてる。「たつ」はアラビアだとワニ、イラクだったらクジラ、って。

――もうひとつ、気になってるのはね、「う」「たつ」「み」っていう三つは、ちゃんと声がわからない。「へび」のしゃーっていうのは、声なの？「うさぎ」、なく？「たつ」は？

その声は銅盤《どうばん》をうつがごとし、って。「たつ」はね。

――なあに、それ？

中国のね、昔の五百年くらい前の本にでてるんだよ。『本草綱目』っていうのに。

――だって架空じゃない。

わたしはおもわずふきだしてしまう。サイエ、どうしてまた、いきなり現実の生きものと架空のをごっちゃにするのさ。おなじテーブルの上にのってる、どれもことば、にはちがいないけれど。

ところによっては、自分と何らかの動物と結びつきがあると信じている人たちがいる。トーテムって呼び方をするかな。干支、十二支もそうかもしれない。この場合には、ある年の生まれの人がみんなある動物、いのししならいのしし、ひつじならひつじ、となっちゃう。そうして十二年、一回りするとまた戻ってくる。ちょっとちがって、もっとひとりひとりがそれぞれべつの動物と結びつくことだってある。カンガルーとかヘビとかエミューとか。

――カンガルー？　それって、どこ？　オーストラリア？

オーストラリアに昔からいた人たち。アボリジニの。

——コアラ、だったり、ウォンバット、だったりするのかな。わたしのトーテムはウォンバット、って。

そうかもね。

——だとしたら、わたしはウォンちゃんがトーテムだといいな。

あ、ちょっと前、紗枝のおみやげがウォンバットのぬいぐるみだったから、だろ。

——おかあさんが言うんだ、ウォンバット、サイエに似てる、って。わたしもカメラで撮ってきたのをみて、あ、これ！　って。いつのまにか、立ったまま、寝ちゃったりするんだよ。だから、ウォンちゃん、わたしのえとーてむ。

サイエ、干支とトーテムがまじっちゃった？

上海の

またねるんか、って言ってたよね。なに言ってるの、とかえすけど、こっちもいつかそうなるのかな、って、どこかでおもってた。そんなころから、もう、どれくらい経ったかな。

母が祖父のはなしをする。男性女性で違っているのに、気づかないうちに、年齢のせいなのか、祖父のおもかげが母にある。おもいだすのはそんなせいかどうか。

朝、食事のとき、ゆめのはなしをしたでしょ。おぼえてる？　あんたたちはすぐ席をたってしまったけど、こっちが洗いものとかしてるあいだにもずっとはなしをしてる。あとでいいじゃない、って言うと、はなさないと忘れちゃうがね、って。しょうがなく、背中できいてた。くだらない、ってじぶんでいうの。わけわからん、って。ありゃあなんだったんだろうなあ、ってつぶやきながら。そりゃあね、ゆめ、わかんないよね……。

ずっといっしょに暮らしていたから、祖父母はよくおぼえている。晩年はこっちがしごとをするようになっていたから、長生きした祖父とのつきあいはとおりいっぺんの挨拶やらのやりとりになってしまったけれど。紗枝もおなじだった。

おじさんとおかあさんは、ずっとひいおじいちゃんひいおばあちゃんと一緒だったんだよ、この家で。

サイェはもちろん知っている。大きな目をゆっくりととじてはひらき、うなずく。

子どものころのはなしを母はしている。昭和という元号が二ケタになってほどないころ、か。まえにもきいているが、すこし知らないところも加わって。

小田原では社宅。上海に行くときは、神戸まで汽車で行ってね、そこから船に乗ったの。どのくらいかかったかな。でも、たしか、その日のうちに着いたんだとおもう。立派な旅館に泊まったの。なのに、南京虫がいて、かゆくてかゆくて、参っちゃった。

——前にもきいたよね。

おじいちゃんは、おばちゃんといっしょに富士山に登ったのよ。わたしは行かなかったけど。小学校の三年くらいだったから、ちいさい、ってね。昭和……十五年、とか、十六年、とか？

西暦なら一九四〇年……

上海にいたのはちょうど一年。短かったけど、おばあちゃんはいちばんたのしかった。一生のうちでね。からだが弱かったでしょう。おじいちゃんが、ニュースを聞いて、危険だからすぐに帰らなくちゃ、って言ったときにも、いやがってね。ずいぶん渋ってた。もしのこってたら大変なことになってたとおもう。こっちは小さいから、無邪気なもんだったけど。むこうではアマが——お手伝いさん、むこうのことばでは「アイ」さんていうの？　わたしたちはアマって呼んでた。何語なのかよくわからない——やってくれたから、良かったの。楽してた。何人もかわったのよ。三人かな、よくおぼえてるのは。ほかにもいたとおもうけど……いちばん長かったのは、いちばん齢もいってるひとで。二の腕に、ふだんは袖に隠れてるからみえない、みえないようにしてるんだとおもったけど、鼈甲《べっこう》の、太い腕輪をしてた。それに足が小さいの。とっても小さい。太ってるから、急いでても、はやくなんか歩けなくて、よちよちって。あれ、纏足《てんそく》だったのよね。きっと、いいところの生まれだったんじゃないかな。

お醤油買ってきて、瓶に入れ替えるでしょう。すこし残しておくの。兄だか弟だかがふらっと寄ったとき、それを渡しちゃう。家族のところに持ってってたんじゃない？　みてても、知ってても、わざわざ言ったりしなかった。そのままにしてたな。そんなアマもいた。

いちばんケッサクだったのは、自分から雇ってくれと言ってきた若い子。泊まりこみで、って言うの。一晩明けたら、みんな持ってっちゃってた。自分用の布団をそっくり。なんか、爽快だった。

母のこどものころのはなし、それもこの列島でない、大陸にいたときのはなしは、こどものとき、どこか、おとぎ話のようにきいていた。おとなになってから、歴史をすこしでも知るようになってからだと、古いセピア色の写真と二重写しになったかんじを抱かずにはいられなかったが。紗枝はかいつまんでサイェにはなしていたようだったけど、おばあちゃんからじかにきくのはどういうかんじだったのか。

うちはね、陸戦隊のちかくの、軍属のお寺が大家さんだった。日本から行っていた有髪のお坊さんでね。おつれあいでなく、おかあさんが一緒だった。お寺といっても、大きいのよ敷地が。こっちの比じゃない。池なんかもちょっとした湖みたいなの。そこにね、犬がいたの、ダンケっていうチャウチャウ。おへそが大きいのよ。その兄弟？　姉妹？　をもらって、飼っていた。初代のマル、ね。あるとき、きゃんきゃん鳴いてて、どうしたんだろうとおもったら、足の爪とふわふわのとこ、肉球？　のあいだにこーんなに大きなダニがくいついてた。ダンケもマルも、どぼーん、って池に飛びこむの。あんな犬、あとにもさきにもみたことなかった。

行ってた小学校、校庭はね、赤土《あかつち》で、これまた大きいの。遊んでいるときにちょっと土を掘りかえしたりすると、人骨がでてきた。大きいのじゃないの。こまかいの、なんだけどね。こどもって、でも、そんなことあってもすぐ忘れちゃうんだ。手なんかは、ピンクの水で消毒してた。町は、歩いていると、電信柱の、ちょうど手の高さのあたりが真っ黒。歩いているひとが洟《はな》を手でなすりつけてって。

人力車には家族四人で乗るのよ。わんぽーぞー、とかいったかな。正確にはわかんない。いま浅草なんかにいるのとはちがう。もっとやぼったくって、きたないんだけど、あのころだからね。車引いてるのはひとりでしょ。実入りはすくないはずなのに、おじいちゃん、それでも値切ったりしてた。たいへんだなってこどもだけどおもってた。文句なんか言わない。言ったらたいへんだとおもってたんじゃないかな。子どもだけで乗ったこともある。学校のそばから乗って、陸戦隊の基地のあたりでおりると、おじさんはこそこそしちゃう。こわかったんだよね、きっと。

おじいちゃん、ひとりでヘンなとこ行っちゃって、ほら、好奇心つよかったじゃない、つい、声かけられるとついてっちゃう。よくわからないところに連れこまれ、地下にとじこめられて、でられなくなったりしたんだよ。なんかのすきに、きっとどこか、窓かなんかがあいてたんじゃないかしら、やっと逃げだして、ってことがあった。なにもなかったから自慢話のようにしゃべるんだけど、もし、なんておもうと、ね。

おじいちゃん、工員さんが警察で叱られてるとよくあやまりにも行っていた。工員さんたち、あとで、しーさん、しーさん、とよろこんでくれてね。親切にされたのは忘れないの。

ぼけてしまったかも、っておもってたけど、意外におぼえているものね、と母は笑う。

よく、おじいちゃん、ぶよー、って言ってたでしょ？　食事してるとき、もういい、もうけっこう、っていうとき。あれ、不用（bùyòng）ってことばがあるらしいのね。きっと、音がおもしろかったんじゃない。ほかのことばはほとんど知らなかったし、知らなくても困らなかったけど、これはつかってたね。

八畳間に額があるでしょ。欄間《らんま》額、っていうのかしら。正確には知らないんだけど……。あれ、知りあいに、無錫《むしゃく》っていうところかな、おじいちゃんがつれてもらって、寒山寺のお坊さんに書いてもらったものね。

ちょっとわたしが口をはさむ。《蘇州夜曲》でうたわれてるお寺だよね？

李香蘭が『支那の夜』で歌った。あれ、ちょうどわたしたちがいたころよね。三番だったか……西條八十の……

髪に飾ろか　接吻《くちづけ》しよか
君が手折《たお》りし　桃の花
涙ぐむよな　おぼろの月に
鐘が鳴ります　寒山寺《かんざんじ》

鐘、きいたのかな？

どうかしらね……

つまらなかったのだろう、サイェはつづけて母に尋ねる。

――どんなところに住んでたの？

あまりこっちと変わらなかった。畳の部屋があって……。

——引き戸があった？

引き戸、なかったな。みんなとびらだった。

——学校の友だちは？

一年しかいなかったから……。こっちに戻ってきても、行く前の住所にいるとはかぎらないでしょう？　うちもべつのところに移ったしね。それに……あとではなしをきくと、訪ねてこられても、気まずかったりしたみたい。なんかね……べつの世界にいたみたい……いえ、べつの世界なんだけどね、じっさい。

——帰ってくるときは？

甲板でね、あそんでた。いやなことはすぐ忘れちゃうから……。でもね、もっとあとだったら、二年三年あとだったら、あるいは……戦争が激しくなったり、終わってからだったりしたら、まるっきり違ったはずよね。ああ……行くときのはなしだけど、三日くらい乗ったの、船。で、水が、ね、海が、だんだんと黄色くなってくる。近づくにつれてどろどろになってくるかんじだった。

帰ってくるときは、タイヘンでね。夏だったんだけど、横浜で氷あずきを食べた。おじいちゃん、おなかがつかれてたのかな。くだっちゃって。しかもまわりは赤痢だったらとあわてちゃって。こっちは小さいじゃない？　あとにもさきにも、おばあちゃんがじぶんでいろいろやったことなんてはじめてだったし、そのあともなかったわ。よくできたとあとでおもったもの。

——行って、帰ってきたんだね。だから、はなし、してもらえる。

帰ってこないと、あんたたちもいないんだし。

おかしなところで、サイェはもののかたりを、おもいだしているようだった。ものの、かたり。もの、かたり。もの、かたっているのは、おばあちゃんだったけれど、大陸から持ちかえってきた、紫檀《したん》の、浮き彫りがある丸テーブルや飾り棚が、ともに耳をかたむけていた。

旅人の木

音、した？

サイェがソファから、パソコンにむかっているわたしに顔をむけ、尋ねた。

いや、気づかなかった。

そか……

サイェは読んでいた本に戻った。
また、ふと、顔をあげ、訊いたのは、十分くらいあとだったか。

どした？　なんかきこえた？

うん……。

わたしもしごとを中断し、ソファにうつって、めいのとなりで何もしないまま。こうやってなにもしないのは、どこか、おかしい。笑ってしまいたくなる。しばらくそのままだとなおのこと。でも、がまん。顔にださずに、おかしがる。

と、したのだ、音が。部屋のはしのほう、左側のほうから。
サイェと顔をみあわせ、そっちに目をやり、ソファから立って、そちらに行ってみる。

あ……

なにかが違っている。ふたりのうちどちらが先に気づいたかはわからない。ただ、ほんのすこしずれたかな、というくらい。鉢植のオーガスタの葉が、さきのほうが、すこし、ひらいている。ひらいている——たしかにそうなのだが、どうなのだろう、あまりことばがふさわしくないような。はながひらく、というのとちがう。巻いていた葉がすこしだけ外にむけて、ひらきつつある、とでもいったらいいか。ひらく、とおなじようにいっても、はなと葉とではちがうようにおもうから。

これ、紗枝が、おかあさんが、持ってきてくれたものだよ。

うん。

持ってきたときはまだ小さかったのにぐんぐんのびてこんなになっちゃった。たしか、紗枝はストレリチアだと言ってたんだけど、育ってきたら、あ、これ、オーガスタかも、って。オーガスタとストレリチアは葉の大きさが違うらしいからね。

はじめはうちにあったんだよ、とサイェがいう。はじめは、旅人の木、って言ってた。

オーガスタとストレリチア、旅人の木、って、みんなちがうよ。

おかあさん、言ってた。旅人の木のつもりだったけど、わかんなくなった、って。

そうなんだ……。ま、あまり気にならないけどね。

なんかさ、どうしてそう呼ぶのか知らないけど、いい名だよね。旅人の木。

マダガスカルのほう、らしいね。アフリカのしたの、というか、南のほう……。バオバブの木もある大きな島……。

そうこうしているうちに、また、ぺり、と音がして、すこしずつ葉がほぐれてくる。でも、ひらききるまでには今晩中とか明日までとかかかるんじゃないかな。

ほんとうはみていたいけど、むずかしそう。今度来たときにはひらききってるよね。

紗枝が持ってきたときは、この木も、むこうにあるウンベラータも、ずっと小さかったんだよ。いつのまにかどんどん大きくなって。

こういうの、好きだよね、おかあさん。

一時期、一人暮らしをしていたときの紗枝は、ワンルーム・マンションを観葉植物の鉢でいっぱいにしていた。どの鉢も、こぶりでなく、大きくなるようなものばかり。動物も小さいのより大きいほうを好いているから、植物もそうなのかもしれない。実家の庭が木でいっぱいだったせいもあるか。

サイェがぽつりと言う。
モンキーポッドっていうのもあってさ。はっぱがひらくんだよ。朝になるとひらいて、午後になるととじる。雨がふる前にもとじるんだって。

それって……レイン・ツリー……雨の木?
レイン・ツリーって知ってたけど、そういう名だったの?

サイェは声をださずに、そうみたい、と目でこたえてくる。

レイン・ツリー……か。それにちなんだ小説があってさ、かつてはね、六本木にその名をつけたカフェもあったんだ。アデルスコットっていうビールをおいてて、そのころ、ほかでみなかったんだよね。レコードを買ったあと、それを飲んだ。たのしみだったな。フランスのなんだけど、ちょっとウィスキーがはいってるから、アルコール度はつよくて、ちょっとあまい。まだ二十代でさ、ちょっとシャレたような気分になって。

恐竜がいたころのはなし?

笑いを頬のわきにためながら、サイェは言う。このごろ、冗談とも皮肉ともつかないことを言う。慣れないから、こちらは瞬間、反応できず、うっと黙る。

ストレリチアはバショウ科に属する、って読んだよ。つよい風をうけて木が倒れてしまうから、葉脈にそって葉がわれて、ちからを逃すんだ。穴があく種類もあるらしい。オレンジのすっとしたほそい花をつける。極楽鳥花って、写真でみるとおもしろいかたちだな。

いまは、おばあちゃんちのあたりも畑がなくなっちゃってるけど、おかあさんやおじさんが子どものころはまだずいぶんあってさ。サトイモだったかな、葉っぱの、ちょっと顔がないハート形？　のが大きくなってた。水滴がおちると、ころころってころがるんだ。こまかい毛がはえているのかな。みてもすぐにはわからない。そんなのも好きだったな。

サトイモ、鉢植えになるかな。

どうだかね。それもいいかもしれないけど。

ことばはそこで途切れ、窓の外が暗くなるまで、なんとはなしに、葉のひらく音をききつづけ。

かね、のエコー

——茎わさびがきざんでのっているおそばもおいしかったけど、かねの音がね、よかった。

——碌山《ろくざん》美術館のかね。

駅からすこし歩いたところにあって、あ、着いた、けっこう近かったねえ、どこからみようか、と庭をあっち、こっち、としはじめたときにすぐそばでなったんだ。

ちょうど正午で。

建物のうえから、かねの、あつみのある金属をたたいてる、肌から骨につたわってくる、耳にはだけど、もっとからだぜんたいをゆらす、ううん、ゆらすんじゃない、外からなかにはいってくる、かんじ。


サイェが母親と行ってきた長野、穂高にある美術館は、まえから写真で知っていた。ヨーロッパの山にでも建っているような、つんと空につきだすように、鐘楼《しょうろう》がある。

――あの先にはね、鐘楼、っていうの、あそこには鳥の像がついてるんだよ。よこをむいてるんじゃなくて、まっすぐ上をむいてる。あんまりみたことがなかったな、ああいうの。

サイェがいう。

――建物の扉のあたりには、かねをならす舌につながっている紐の取手、でいいのかな、があった。引くとなる。うえのほうでかねがなる。さっきみたいな音が、って。

ほかにもみたんだよね、美術館だし。

――荻原碌山だけじゃなくて、高村光太郎のとかもあったよ。十和田湖畔に立っている乙女の像の小さいのとか、高村智恵子の、切り紙も。おじさんがつれていってくれた、竹橋、近代美術館?　で何度もみたことのある、光太郎のなまず、おなじようだけど、べつのなまずもあったし。あれ、好きだな。

――碌山美術館から駅のそばのお蕎麦屋さん、バスで大混雑のわさび園にも行ったけど、かあさんのお友だちが安曇野に住んでて、くるまで連れていってくれたいわさきちひろミュージアムにね、シデロイホスがあったんだ。建物に入る前にシデロイホスに熱中して、ふたりにあきれられちゃった。

サイェが前から好きな金属の……音響……彫刻?

――ちらりと横目でみただけだと、椅子かな、とおもって、通りすぎてしまう人がいるみたい。八角形だし。上にはひびみたいのがはいってて、ひとつのところから風車みたいになびいてるから、椅子じゃないらしいのはわかるんだけど。あれをね、いろんなふうに、たたく。たたいていると時間を忘れちゃう。

――おもいだしてたのは、もっと小さいとき、バリ島に行ったでしょ。おかあさんとおとうさん、おじさんも一緒だった。ロスメンで夕ごはんを食べてると、むこうのほうからガムランの音がきれぎれに、風にのって聞こえてきたり、聞こえなくなったり。陽が高いとき、からからと竹の音がする風鈴みたいじゃなくて、夜の、暗くなったむこうから、金属の音が。長野の山のなかと、バリ島とだと、空気がちがったけど。

ガムランの遠くからの音はさ、旅のときには言わなかったけど、サイェとはちがったことをおもってた。子どものとき、ほら、おばあちゃんちの、畳間の八畳、あそこに背の高い扇風機があって、古い型だったから全部金属。薄い緑色をしてた。スウィッチいれて、はねがまわりだす。それにむかって顔を寄せ、声をだすんだ。あー、とか、うー、とか。すると、声が風で押しかえされて、ちょっとエコーがかかる。そんなのをね。

――かね、がね、金属がね、いいな、って。

音がなる、そのときも、あ、っておもう。つよかったりかたかったりでもいいし、よわくてやわらかくてもよくて、どちらも、消えていくのに、その音のかたちごと、のこってる。ずっとあと、ずっとずっとあとまで、のこってく。

碌山美術館のかねがバリ島までいったり。

――おなじもの耳にしてても、いろいろなんだね、おもいだすこと。おかあさんはどうだったのかな。帰ったら尋ねてみないと。

* シデロイホス Σιδερο ηχοσ は、鉄の響きの意味で、原田和男が一九八七年に鉄だけでつくった音響彫刻。いろいろなタイプがある。

秋

かみがみの

祖父母が上海に住んでいたときつかっていた飾り棚のなか、サイェが巻紙をみつけてきた。わたしもあることは知っていたが、だしてはまたひっこめて、何十年も。戦前からあるのかもしれない。和紙だね、といういじょうになにかが言えるわけでもない。しっかりしていて、古びてはいても、筆で文字を書くにはむいていそうだ。こちらはついぞ墨をつかって筆で書くなど縁遠いのだが。

雲龍紙《うんりゅうし》っていうの。

母はいう。

和紙にかぎらないけど、ときどき透《す》かしがはいっているのが、あるでしょう？　これは、でも、透かしとはちがうかな。なにかのかたちではないけれど、いろいろな太さの線があるわよね。線が細くなったり太くなったりして、あっちにもこっちにもなってる。龍みたい。だから、雲龍なのかも。紙ひろげてみると、雲がたくさん、龍がたくさん、ってかんじゃない？

めいが持ってきたとき、うん、知ってる知ってるとはうなずきつつ、ひとに説明しようとするとできないな、とおもっていた。

おじいちゃんはこれで手紙とか書いていた。字がうまかったからね。

あんたみたいな字じゃなくて、と言わなかったのは、サイェがいたからかもしれない。すこしだけ遠慮したたか。

東武東上線の奥のほう、川越や坂戸よりもっと奥に小川町ってあるでしょう？ あそこには紙があったの。いまもあるかな。おじいちゃんはそこで選んできたの。いまみたいにどこにでもおなじ紙があるってふうじゃなかったし、どこかこだわりもあったのかもしれないし。

調べてみると、楮紙《こうぞし》なるものがみつかった。楮という木からつくるらしいが、歴史は古い。紙が、それも洋紙になれている身からは、撫でてみて、おやゆびとひとさしゆびに時のながれがしみだしてくるような気さえする。おなじ和紙でも、神棚の、三宝の敷き紙につかっているのとは違う。

そういえば、さ――

母は押し入れから古くなった包装紙をだしてくる。繁華街を歩くとときどき目にした、三越の。そのころをよく知っている母は、猪熊弦一郎のデザインなのよ、知らなかった？ という。これだけで抽象画よねと笑う。「華ひらく」という名までついていた。わたしは、鮮やかなデザインより、そのつるつるな表面をさわるのが好きだったのをおもいだす。かつて、デパートの包装紙は、ちょっと特別だったな、とも。

いろんな紙にふれてきた。いまだっていろいろなんだとはおもう。あまり意識しなくなったのはいつからだろう。内外の新聞紙。海外から送られてくる物品に包んである、おもいがけないことばの新聞。それがまた、タイムトラベルしてきたように、古かったりもして。床下にしまっていた茶器や陶器をつつんでいたり、畳がえのとき、床下に敷いていたのがでてきて。すると、つい、何十年も前の新聞をそれとなく、いや、妙に熱心に眺めてしまったり。そうそう、祖母は新聞をちいさな声をだして読んでいた。明治生まれのひとには音読がのこっていたのかな。
トイレットペーパーもゆく先々で違っていた。ときに、これをつかうのだろうか、と泣きたくなるようなこともあった。海外にでたときに色やかたさで当惑したことは何度も。日常、買うときも、ほかの紙より、瞬間、悩む。前のはどうだったか、ちょっと考えて。昔、ロールになる前の、紙も違ったし。水洗になる前、トイレの外にはナンテンの木が植わっていた。あれはどこにいったんだろう？

サイエ、御不浄、知ってる？

めいはくびをかしげる。無理もない。こっちだって、たまに年とったひとの口からでるのを耳にして、どこのことかはわかったけれど、どういうところに由来するのかながいこと知らなかった。サイエのあたまのなかには、かつてのわたしとおなじに「ごふじょう」という音が浮かんで、漢字にむすびつかずに浮遊しているはず。
そうだ、とつぎつぎに連想はつながってゆく。わらばんし、もあった。学校でガリ版刷りの試験や家庭へのちょっとした連絡はそんな紙だったし、べつに計算につかうわけではなかったけれど、計算用紙と呼んでいた。かみ、かみがみ。かみがみの恩恵を、あまりにふつうになっているので、つい、忘れてしまっている。

――このまえね、友だちが言うんだ、本屋さんに行くとおよおしてくるんだ、って。

つい、吹きだす。そうだ、そういうひと、いるよね。本は紙、紙は木。本屋さんにいるのは、森のなかにいるような？　じぶんでそうなったことはないけれど。

――おじさん、じぶんの部屋にいられなくなるものね。

みすかされてる？

秋の庭

週に一、二度は実家に寄っている。

ひとりで住む母の様子を見がてら、頼まれたものを、ちょっとした手土産とともに買ってゆく。

妹、紗枝はなかなか足をむけられないので、もっぱらわたしの役目。

ときどき、サイェもついてくる。

繁華な駅のあたりから、道を三つ、四つほど横切ると、とたんに店がなくなり、住宅街になる。

住宅街といってもわたしが生まれ育ったころとはだいぶ様変わりし、二、三階ほどのアパートやマンションが、一戸建ての数を上回ってしまった。庭が残っている家もあまりない。

サイェははじめすこし緊張していた。

お茶を飲み、人心地つくと、ほとんど毎日わたしの部屋にいるのとおなじように、リラックスする。

応接間のソファに深く腰かけて、温室とそのあたりの木々を、サンルームの籐椅子に深く腰かけ、池を、見る。

ときどき、となりの、というよりもほとんど野良の猫たちを、白と黒の、茶色と白の、猫たちが歩いたりじゃれたりしているのを、ぼんやり、と。


母は新聞で、テレヴィで、知ったことを、町内会の回覧板をまわすときに見聞きすることを、脈絡もなく、話す。

うんうんとうなずきながら、わたしは他愛ない感想をはさむ。

サイェは叔父であるわたしに、祖母であるわたしの母に、気をつかうのだろう、ときどきやってきて、顔をうえにむけ、しばらくそうしてから、また、もといたところにもどる。


十月、数日前までは半袖で過ごしていたというのに、一日二日で急に気候が変わって、すこしまえにだしっぱなしにしていた長袖シャツとジャケットを着こんだ。

学校帰りのサイェと待ちあわせて、わたしの母のところへ。

そんな日。

公道にいたときには気づかないのに、大谷石《おおやいし》の門柱につけられた蝶番《ちょうつがい》がわずかにきしんで焦げ茶色の木戸をあけると、とたんにつよい香りにつつまれる。

そうだ、この時期はキンモクセイ。

丹念に刈りこまれた三、四メートルの、一枚の葉っぱのような木の下にオレンジの小さな花が無数におちている。

冬の日、雪が降りはじめて、茂った葉の下にはまだ地面がみえる、そんなことをおもいださせもし。

あるいは。

新年を迎え、春が近くなってきたかな、と、それでいて雪が、それまでの怠惰の帳尻をあわせるように降る時期には、ジンチョウゲが、そしてまた、四月の終わりから五月の連休にかけては、池のそばにあるフジが、かおる。

母の庭だ。


——あのかおり、どうしてのこしておけないの?

サイェが何かを我慢するかのように、ちょっと眉間に皺《しわ》をよせて、問いかけてきたのは、ジンチョウゲのとき。

——かあさんのお化粧棚にあるどの香水にもない。

フジの、藤棚のところでかおるのも、あのときにしか、ない。

いつでも、ほしいのに。

サイェは、五月の光をあびながら、わたしが長いことつかっていたカセット・テープレコーダーを持ちだし、藤棚の下に立っていたこともある。

光はうすむらさきの花弁とうすみどりの葉とつるをとおして、サイェの顔に陰影をつけていた。

花のあいだをとびまわるハチたち、ミツバチとマルハナバチの、ふるえている振動を、音を、なんとか、なんとかして持ち帰りたい。

次の年には、母、紗枝から借りてきたICレコーダーで、何度も何度も、試していた。

でも、タテにもヨコにも、いや、こっちにもむこうにも、ひろがっている、その音のありようが、どうしてもちがうのだ、と、サイェは泣いた。

夕べ。

わたしはいつものように、台所の、母のそばにいた。

習慣だ。

齢をとって、何をするにも昔より何倍も時間がかかるとぼやきながら、わたしがこの家にいたころより一時間近く前には台所に立って、したごしらえをはじめる。

台所にたつ母のそばで、わたし、わたしたち、はとりとめない話をする。

こどものときから、この時間、家にいるときにはずっとおなじことをしてきた。わたしが手をはなせないとき、母が体調をくずして休んでいるときのほかには。

こうやって母の手つきを、料理をするしぐさをみてきた。

サイェは紗枝の手もとをあまり見ていない——かもしれないことを、ちょっとばかりおもいおこしたりしながら。

そろそろ門灯をつけてサイェを呼んでらっしゃい、あんたはすこし飲むんでしょ?

玄関の扉をあけると、外は暗くなっていた。

夜の闇とともにわたしのからだを取り巻いたのは、虫の音。

瞬間、すこし、静かになる。すぐにまた、この音、音たちは戻ってくる。

サイェは家の壁に寄りかかってじっとしている。

顔は庭に、そこいらに立っている木々に、先の塀に、道路に、いや、そっちのほう、に、むいている。

さされない?

――もう、蚊、なんかいないよ……


サイェは、虫たちの、音、のなかにいた。

どこがどう、じゃなくて、「なっている」なかにいた。


――むこうでね、やんだり……、こっちがよわくなったりして、でも、ずっとなってる……ないてる……


何が、なんて言わない。

ほとんど独り言のよう。


くるまが、バイクが、通ってゆく。

ドップラー効果とともに音がポルタメントし、光がすぎてゆく。

ひとの声、話し声。

夕暮れになると、いつのまにか口笛や鼻歌も。

おばあさん、おじいさんのゆっくりした、なかなか過ぎていかない足音、ひきずったり。

カッカッとはやく鋭い音が、するような音が、ひたひたひたという音があっちからこっちへ、こっちからあっちへ、と。

サイェはききいっている。

これも、持って帰りたい、って言うのか、とおもったけれど、黙っていた。

しばらく、おなじように、べつべつに、いた。

母、の声が、うちのなかでくぐもって呼びかけてきたところで、サイェは姿勢を正し、わたしを見上げた。すこしだけ、笑った。


母はきみくらいの齢のころ、この土地に来た。

戦争がはじまりかけていたころ。

駅の前にはまだロータリーもなく、道路も舗装されていなかった。

それからずっとここにいる。


きみがおとなになっても、サイェ、ここは、このまま、だろうか。

きみはここの音をおぼえている、だろうか。

おぼえていて、いつ、まで、だろう。

知らないところ

——かまどうま、ってどういうの？

サイェが言うのである。

そんなの、なんで知ってる？　どこで聞いた？
出どころは決まっている。わたしの母か、妹か、だ。

——おかあさん。

ほら、やっぱり紗枝だ。で、なんだというわけ？

——きらい、ほんとにきらい、おもいだしたくもない。だから、説明もしてくれなくて。

おじさんもいやだな。ああいうムシのなかでは、さわれないののひとつかも。

――このまえ、カマキリが網戸にいて、大きな声をだしちゃったんだ。そしたらかあさん、とんできて、カマキリみたら、なんだ、って。ひょっとくびをつかんで、網戸あけて、ぽとっ、と。カマキリはいいよ、みたくないのが、おもいだしたくもないのがいる、って。ぼそり、かまどうま。言って肩ぶるぶるするとむこう行っちゃった。

かまどうま、色が良くないんだ。うすい茶色、いや、肌色にちかい茶、かな。カマキリでもバッタでも緑じゃない？　そんなのがいやだったし、妙に足が長くて、すごく高く跳ぶ。だからびっくりするし、暗いところにいるから、そんなとこからぴょーんとくるからよけいに、ね。べんじょこうろぎなんてありがたくない名前もあるから、不潔なかんじもあってさ。

前はよくいたんだ、トイレ、戸をあけるといたり、お風呂場にいたり。トイレも風呂場も、外とつながるところがあったから、はいってきちゃったんだろうな。いまはどっちも個室になってるし。トイレなんか、下に小さな引き戸というか窓というか、あった。だから、ヤモリもよくいたな。

――なかないの、かまどうま？

なかない。あれでないたら……考えたことなかったけど、どうだろ、もっといやか、すこしはいいか……


紗枝とわたしがかまどうまが特にいやだと感じてしまったのは——。

いくつのときだったろう。

改築する前だったからお互い小学生の後半になるかならないか。玄関の引き戸を開けると地味な色の三、四色のタイルが一畳分くらいあり、左に作りつけの靴箱、右に足の長い小さな台があって、白いレースの刺繍《ししゅう》をした上に黒電話がのっている。

四十センチあるかないかの高い上がり框《かまち》があって、右手に廊下が、そして左手と正面に、おなじにぎりのついた、おなじかたちのこげ茶色の戸がふたつ。古い真鍮のにぎり玉の下にはてるてる坊主を図案化したような、スケルトンキーがはいる鍵穴があいていた。

左を開けると小さな応接間、前は物置。知らない人には区別はつかない。間違った扉のにぎりに手をださないように、大人たちが気を配っていたかどうかは知らないが。

物置の扉の右には、房が両側についた丸額が下がっていて、正月と初夏に色紙を入れ替えた。その戸を開けると古新聞が重ねられ、掃除機やはたきやトイレットペーパーや道具箱や電球やが、特に整理されるでもなく置かれている。右上には、すこしだけ、下から上にむかって斜めに板のわたっているのがわずかにみえるが、これは、二階へつづく階段だ。

物置の下には地下室があると教えられたのは母からだった。だったとおもう。はじめは冗談だと信じなかった。子どものために書きあらためられたゴシックまがいの物語を好んでいたわたしへのサーヴィスだろうと。何度か聞いているうちに、どうやら本当らしいとおもいはじめる。そうして、まだあるならみせてほしいとせがんだ。実現したのは随分と経ってから。地下室にはいったことは記憶しているし、物置の床にある上げ蓋を開けるのに、かなりのものを動かさなくてはならなかったこともおぼえている。でも、そこに誰がいたのか、母いがいに父がいたのか、祖父母がいたのか。紗枝とわたしは好奇心満々だったというのに。

二階に上がるとき使う階段は濃い色のニスが塗られていて太い木目が濃くでていたが、地下室への階段はただそのままの白木《しらき》で、かなりの年月そのままのはずだったけれども、ほとんど汚れがなかった。不思議だった。ひんやりしてかびくさい空気のなか、ずいぶん経っているのに切れずにいた裸電球をつけると、灰色の壁に囲まれたほとんど直方体の部屋が浮かびあがった。何かおかれているわけではない。ただかまどうまが電球の明かりに驚いて何匹も何匹も高く跳ねているばかり。異様だった。降りたときには涼しかったのに、じめじめ感がある。音もこもる。不快ではないのに居心地がわるい。何もないから飽きがくる。わたしたちはほどなく階段を上がった。ほら、大したことなかったでしょ、と言われたか言われなかったか。

地下室の壁は塗りこめられていたが、戦時中は庭の防空壕につながっていた。空襲警報がなると祖父母は子どもだった叔母と母に防空ずきんをかぶせて地下室へと急がせた。戦争末期になると、うんざりした子どもたち、叔母と母、は夜中の警報など無視して寝床から離れなかったこともたびたびという。当時、いまのように、またわたしたちが子どもだったときのようにも、まわりは建物がなかったし、あっても平屋か二階建てだったから、ずっとむこうの空、地平線のあたりが赤くなってくるのがわかった、くぐもった音がとどいた——。

祖父はひとりで庭に大きな穴を掘った。

おじいちゃんはよくはたらいたのよ。家族のことにだけは熱心でね、味方見苦しいってておばあちゃんはときどき悪態をついたものだけど。

穴は戦争のあとゴミ捨て場に、ゴミを燃やす場所になり、そのうち、土をかぶせて、花壇になった。脇には柿の木を植えた。わたしたちが学校からもらってきたハツカダイコンの種子やクロッカスの球根を植えようと花壇を掘りかえすとハマグリやサザエの貝殻がでて、教わったばかりの大森貝塚から連想して、大昔のものがでてきたと興奮したこともあったのだが、あれは肥料になるかと食べたのを埋めたんだと聞いてがっかり、なんとはなしに家の者たちも気恥ずかしいようにみえたりもした。

東京と呼ばれてはいてもすぐそこはべつの県という位置だったから幸いにも戦災にはあわず、警報を無視することもできたし、のんきなもの言いをするのが家の者たちのつねだった。まだ十代の半ばだった父は、もちろん母や母の親たちやその土地の名などまったく無縁に、べつのところで親元から離れて暮らしていた、ようだった。ようだったというのは、その時代を自ら語ろうとせず、こどもたちも聞く機会を逸したまま時がすぎてしまったからだ。

おばあちゃんち、直す前はかまどうまをよく見かけたよ。すっかりご無沙汰だな。見かけると、え！　って反応してしまう。いたんだ……、ってため息をつく。

サイエ、防空壕ってわかる？　空襲警報はどうかな。こっちだって経験したわけじゃない。ないけど、きいてる。きいてるから、はなしはできる。そんなのでもきいてくれるかな。

おばあちゃんがずっと住んでいた、紗枝とわたしが育った、かまどうまを見かけなくなったあの家の、家の過ごしてきた時間《とき》の。

台風観察

サイェから手紙が届く。届くといっても、ふだんどおり部屋に来て、さりげなく郵便受けにいれたもの。とってきて、あれ？　とめいをみるが、知らん顔。なにやら、時間がすこしいりくんでいるかの錯覚をおぼえぬでもない。

わたしが夏風邪をひいて部屋にこもっているあいだ、大きな台風がやってきて、サイェ自身もうちからでられず、そのときに書かれた。舌たらずなところが多いので、かなりわたしが補ってみたのだが、口調はすこし生きているはずの。

おじさん、

半日はただ外を見てすごしました。

そんなことなかなかできません。やろうとしても、ふだんではとても。なのに、こんな台風のときは、この、窓のむこうにただただひきつけられてしまって、眼がはなせないのです。

そこ、に台風を感じる。そこ、に台風がある。

ひとって、せいぜい壁をつくって、向こう側にしておくだけなんだな。


おとなは会社やお店には行くんでしょう。

濡れるのやだなあ、とか、モノが落ちてきたら危ない、とか、電車がとまったり、とか、心配をしながら、でも、出かけてゆく。

ニュースでは、メトロが接続している都心からいくつかはなれたあたりで木が倒れ、ふつうになった線もあるんだとか。


みんな、窓から外をみてたらいいのに。

すぎさるまで、むりしなければいい。


おじさんの、ヴェランダの鉢植え、風で雨がふきこんでくるから、水をやらなくてもよくなっちゃったでしょ。ヴェランダが窓のあたりまでずぶ濡れだね。そのことはよかったかな。風邪ひきおじさんには。


葉の一枚一枚、茎や幹がこまかにふるえていたのが、つぎの瞬間、ぐわんと大きくしなう。

そしてまた、ふるふる、ゆらゆら。こっちのヴェランダをみながら、おじさんとこの鉢を想像していきます。ヴェランダのフェンスのむこうにみえる街路樹は、鉢植えよりずっとずっと大きく、たくさんの葉がついてて、枝々がべつべつの生きものみたくうごく。べつべつの生きものにはまたべつべつのたくさんの葉をゆらして何か儀式をしているみたい。大きなところから小さなとこへ、小さなとこから大きなとこへ、目のやり場を何度も変えると、いつのまにか時間がたってしまいます。

遠くからくるまの音がやってきます。エンジンとあわさって、タイヤや屋根にあたる雨と一緒に。部屋からだと車道のくるまは見えないけど、音でわかる。大通りみたいにたくさんくるまが行き交うわけじゃなく、一方通行だから、時間によって、一台がやってきてむこうにいなくなるまで音でたどれるけれど、雨のとき、台風のときにはいつものときよりながく感じられるような気がする。気がするだけで、これまた気のせいかもしれない。

風と雨に消されてなのか、せみやすずめの鳴き声はありません。こんなときは、やっぱり、休んでるのかな。隠れてるのかな。

部屋で台風をやりすごしていると、静かな気持ちになります。マンションの一室一室で、ハチの巣みたく、守られてるかんじです。おばあちゃんのところは大丈夫かしら。池があふれてないかしら。すこし心配だけど、わたしはこの窓から外が見えてるから、そんなこと、おもえるのかも。

なにを言いたいのかよくわからなくなりました。せっかく書いたので、封をします。
熱、はやくさがりますように。

さ

古本を救う犬

ときどき道路に雑誌や本が積みかさねてある。ゴミ収集日の朝だ。

モノがゴミになるのはいつからかな、とおもいながら、ゴミ袋を横目にみる。雑誌があると、つい、立ちどまる。立ちどまらないにしても、足のむきがすこし変わって本の束に寄っていき、なにがあるかをざっとみて、はなれてゆく。

雑誌よりまとまっていることは少ないけれど、本があると、立ちどまることも。

こんなのが！

手をだしたくなるのを我慢したり。日中ならそのまま視線だけおとして通るばかりにしても。

深夜で、ましてやすこし酒でもはいっていたなら、誰もいなかったなら、どうだろう？

どうしよう、どうするだろう、とおもっているうちに、モノはどこから私有物なのか、とか、おかれているところによるのか、とか、そんなところへむかってしまう。

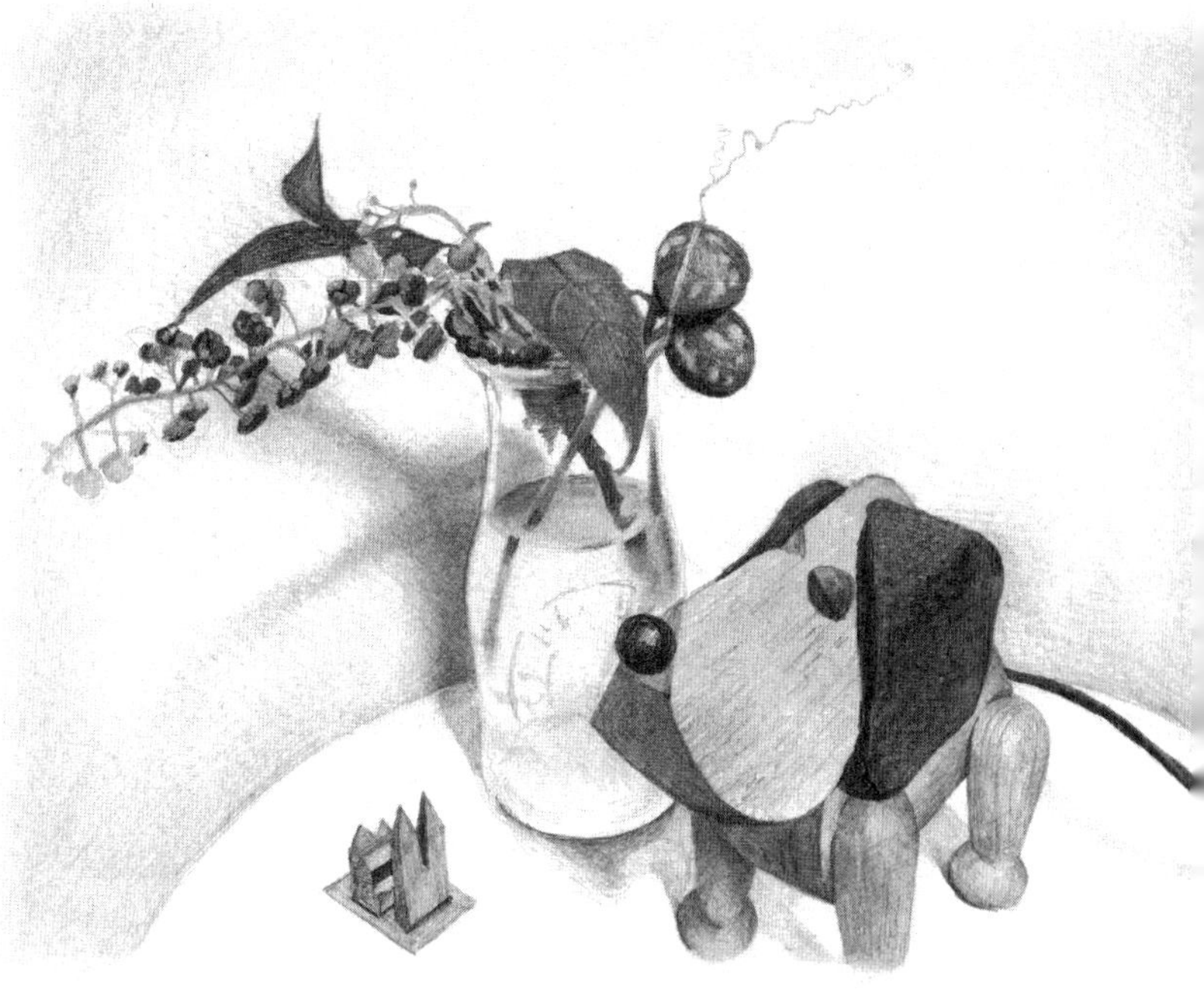

歩いているとき、サイェが言うのである。

――古本を救う犬、っておはなしができるといいな。

すこしまえに通ったところに雑誌が積み重ねてあった。近くに歯医者さんか美容院でもあるんだろうか、大判の雑誌が束ねられ、裏むきになっていたから、どんなものなのかはわからない。ファッション誌とか女性誌とかだったか。きっとサイェもそうした文字の印刷されているものが気になるんだろう。

サイェ、ねこのほうがいいんじゃない？

――……うん……そう、だけど、ねこはきまぐれだし、本一冊だってくわえるのはたいへんだよ。口小さいし、重いから、顎がね。ねこにはむずかしいとおもう……。

真剣に想像しているのかもしれない。

――においなのかな、紙の、とか、インクの、とか。

「良い本」は、このくみあわせが犬にもちゃんと伝わる、とかね。

ほとんどひとり言のよう。

深夜、火事になった。

一家は気づかずに眠りこんでいた。

飼い猫が眠っている一家の母に噛《か》みついた。火事に気づいた母はみんなを起こし、全員が助かった。

そんなニュース。

アメリカのだったか。何となく記憶にのこっている。

サイエにはなしをしたのはいつのことだったろう。そのこともあたまにのこっている。

どうやったらちゃんと救ってくれるかな。

サイエは黙っている。メトロに乗ってからも何も言わない。眉間にしわをよせてはいないし、ぼんやりもしていないけど、たぶん考えている。

行く先の改札をでて、階段から駅の外の道にでたときに、言うのである。

――きっと、大事な本だっていうのはわかるんじゃないかな。

うちの人が手にとっているのを見ていたり、何度も手にとっているうちにその人のにおいがついているのがわかるから。

内容、がわかる、じゃなくて、人と本とのつながりぐあいがにおいをとおしてわかる、っておもえばいいかも。

大事にしてても本棚にいれっぱなし、じゃなく、なんとなくそばにあるような。

子どもが絵本を抱えて眠りこんじゃったりすると、きっとにおいがつくでしょ。そんな。

わたしだったら、どれがそうなるかな……。

どの本が大事だと犬にわかるだろうか。

いちばんさわっているもの？ もしかしてあれかな、いや、あれかな。でも、と、ついつい自分の本棚のことなど想像してしまう。

さわっている……あ、あれだ、きっとあの辞書。

でもなぁ、あれをくわえるのは無理だな、分厚いし、重たいし。犬が運びだすなら、厚い表紙で……だったら、きっとはこびだすときはちぎれたりしてぼろぼろになってしまうかも。

即物的というか何というか、とてもサイェにはかえせない……。

サイェはちらりとこちらをみる。何も言っていないし表情も変えていない、はず、だけど。

――おはなし、だから。

朝の動画

目覚めたら、スマートフォンにメールが届いていた。サイェからだ。

サイェは電子メールをつかわない。電子メールだけでなく、好んでパソコンを開くこともない。ゲームはもちろん、YouTubeをサーフすることもない。十歳になるかならないか、から、十歳からすこし、という子がどのくらいネットやスマフォやパソコンに親しんでいるのかはよく知らないが、サイェは熱中するよりぼんやりしたり、まわりの気配に身をひらいている——のかどうかよくわからないが——ほうが多い。

メールには、だから、ちょっと、びっくり。ほとんど毎日のように顔をあわせているし、急いでいることがあれば電話をかけてくる。それがメール、か、と。

おじさん、

こんなのとったので。

さいぇ

シンプルな文面。あと、添付ファイルがふたつ。
マンションの一室から撮ったのか、まだちょっと暗い空が映っている。動画だ。

からすが鳴く。また、鳴く。
むこうで、
こっちで、
あっちで、
同時になり、ずれ、今度はべつの方角からも。

あっち、こっち、だけじゃなく、もっともっと方角はいろいろなのが、わかる。サイェがむけているスマフォのマイクはひとところに固定され、それでいながら、むこう、こっち、あっち、という差がちゃんと収められる。立体感、空間性がある。

ほんの、ほんのすこしずつ、遠くがあかるくなってくる。ときに、からすとはべつの鳥の声がまじっているようでもある。すずめ？　はと？　それとも……
ふと、自転車のブレーキの音が。

カラスの声は変わらない。
ときどき全体がふっと静かになって、でも、しばらくすると、またむこうで、こっちで、あそこ、で、しはじめる。

十五分ほどで映像は終わる。十五分といいながら、画面ははじめと較べるとずいぶん明るくなっていた。
つづけてもうひとつのファイルを開く。

めずらしく早く目が覚めました。
まだ暗かったけれど、外ではからすの声がして、
すぐそばだけじゃなく、
ずっとむこう、だったり、こっち、だったり、逆のほうだったり、
あ、外って、広いんだな、って
あたりまえのことおもった
こんなときにはスマフォをつかってみようと
慣れないからうまくいってるかどうか
とりながら気づいたけど、

だんだんとあかるくなっていくのがいい
あんまり人は起きてなくて、
そんなときにひとりで外をみてるのって
いいようでわるいようで

また眠くなってきました
またあした
じゃないか、きょうだね

サイェのメールは中途半端だ。きまぐれ、だな。

でも、そうか、夜から朝になってゆく時間——

鳥たちが呼びかわすあとだったかに、すこしずつ人が起きて動きだす。いまはもう聞こえなくなってしまったが、ガラスが微かにぶつかりあいながら高い音をたてて牛乳屋さんが配達していったり、一件一件、ブレーキの、タイヤのこすれる音と、ポストに配達される新聞があったり、こつこつと靴が、ひとり、またひとり、と高くなったり低くなったり、テンポが違ったりしながら、交差したり。あ、追い抜かれてる、なんておもったこともあった。ハイヒールの音、スニーカーの音、すれてゆく足つきの人の。

住んでいるところでも、外の音はかなり違う。五年、十年単位でおもいおこしてみると、おなじ通りのおなじ時間帯でも、音が違っていたのをおもいだす。

くるまがたくさん通っていく。自家用車だけじゃなく、大型のが。そんなことも。

ゴミ出しをするサンダルの足ばやな音と短い挨拶、ならんで歩く幼稚園児の高い声と先生の注意の声、連続テレヴィドラマのテーマ曲……時計など見上げなくても、あぁ、八時だな、八時半だな、とわかる。

母が起きだして雨戸をあける。お湯が沸騰《ふっとう》する。電子レンジはまだなくて、冷蔵庫の戸が閉まる。味噌汁にいれる菜《な》っ葉《ぱ》やお漬け物をまな板の上でリズミカルに切る。音と香りは、まったくちがった音と香りであるのを承知しつつも、百年以上前の詩人の一節を想いおこさせたり。

サイェが来たら、このはなしをするんだ。いまはもう耳にする機会がなくなってしまった音、時と結びついた生活の音の。

鳥たちのめざめ

朝、目がさめるとサイエからメッセージがはいっていた。用事などとくになく、ただ、あったことを、というだけで。なにかの約束とか確認とかくらいしか送ってこないのに、ひとつの字数がすくないから何通も、になっている。

おかあさん、ちょっとうしろをむくような姿勢で、かるく寝息をたててる。

肩のあたり、とんとん、かるくたたいてみる。何回か。でもかわらない。

ヴェランダでキダチチョウセンアサガオが咲いてる。

とりたち

街路樹

あの木、この木

一羽一羽は、ずっと鳴いてる。そんなにたくさん鳴くわけじゃない。あいまがあって。
それが、あっち、こっち、になると、かさなってくる。
むこうから。そっち。またあっち。

おくゆき?

目がさめたら鳴いていた。
朝がた、すごく鳴くのは知ってたから、きょうはきいてみよう、って。
四時五分前。
ヴェランダにでて、まだくらいけど、陽がむこうのほうにでかかってる。
だんだんふえてきた。
とり、たち、の。
ちょうど一時間。

それから、ちょっとソファでうとうとして。

もう鳴いてるのはいない。

おもしろいな、とおもう。すぐそばに母親はいて、さっきね、とはなせばいいのに、わざわざ、こんなふうに送ってくるなんて。たぶん、この、きれぎれのかんじ、一通ずつ、ぽつり、ぽつり、とつぶやくようなのがいいんだな。

かぜひいて

暦《こよみ》のうえではすでに夏をすぎていたのに暑い日がいつまでもいつまでもつづいていたから、もう涼しくなることなどないのではないかとおもいかけたりもした、そんな朝、目覚めたときの空気がぐっと冷たくなっていた。

道にでるとそこいらにあるものをとりあえず重ね着したといった格好の人がちらほら。秋を忘れたまま、夏は冬へとうつろったかのよう。

植木屋さんが終わったから、と母から聞いて、サイェをつれて実家に行ったのは、そんな日からそろそろ一月半ほどして、だったか。

庭の片隅に落葉がポリ袋にいくつもいっぱいになり、収集日にだされるのを待っていた。常緑樹のあいだ、銀杏《いちょう》の木、柿の木はほとんどの葉をおとし、幹と枝だけの姿となっている。高いところに柿の実がいくつか。

――あれは……


サイェはどことなくぼんやりと実に目をむける。

あれは、と母が、サイェの祖母、おばあちゃんがひきとる。

あれはね、鳥たちに、と植木屋さんがのこしておくの。あとのはみんなとってしまって。

たくさん、とってあるから、紗枝に、おかあさんに、持って帰って。


柿は甘かったり渋かったり、豊作だったり不作だったり、年ごとに気まぐれに実をつけた。植木屋さんが庭木を手入れしてくれると、もう、とおくないうちに年があらたまるというのが庭にでると感じられるようになる。

午後も三時をまわるとわずかに陽がかげってくるような気になり、四時をすこしすぎると新聞がみえにくくなる。

母はそんなとき、きたばかりの夕刊に目をとおしながら、切ってある柿をひとつ口にする。夕飯のしたくをするのに、甘みがからだにいるから、と。そしてわたしにすすめる。わたしはくびをふる。いつでもおなじしぐさだ。母は、でも、何年も何十年も、もちろんいまでも、おなじようにすすめ、そのあとに、おいしいのに、と洩らす。妹の紗枝は黙ってお相伴《しょうばん》したものだったが。

サイェは柿を一口かじって、半分以上のこっている一切れをそっとガラス皿のうえにおいて、すこしよこになっていい？　と誰にともなく。

目は柿にむいている。

こころなしか、頬は上気《じょうき》している。

駅で待ちあわせたときには変わった様子はなかった。ふだんからあまり口をひらかないので、気づかなかったけれど、すこし熱があるのかもしれない。

押し入れから布団をだし、奥の間に敷く。

来客用と呼んではいるが、おぼえているかぎりでは、わたしが小さかったときをさいごに、ほんとうの意味でのお客さんにつかわれたことはない。年に一、二度は虫干しされているし不潔ではないが、鼻をよせるとどことなく古びたにおいがしみついている。

サイェを寝かせ、紗枝には一晩あずかると連絡をいれる。わたしも親がわりに泊まっていくことに。

夏がながく、過ごしやすい季節がなくて、そのまま寒くなる。

と、暑さで疲れたからだはゆっくり回復してゆく余裕がないままだ。

疲れののこったまま、こんどは寒さをこらえなくてはならないから、からだに無理がくるのだろう。
サイエ、そんな風邪をひいたんだよ。
母、がいう。しろうとのみたてだけれど。

サイェが休んでいる八畳間は、まだ部屋が持てない小さなころ、わたしも熱のでたとき、床を敷いていた。ふだんはふすまに隔てられた六畳間に父と母とならんで布団を敷いた。親たちは八畳間でテレヴィをみている。子どもたちは寝る時間になるとテレヴィの音をふすま越しにききながら、番組を想像し、そのうちに眠りにおちる。紗枝かわたしかどちらかひとりに熱がでると、朝、寝たままの子どもをそのままに、布団をずるずると引っ張って、八畳間に移された。

天井はとても高い。梁《はり》にしきられてさまざまな木目がはしっている。どれかひとつ、ならんで曲線を描く一点に目をあわせ、どこまでいくのかたどってゆく。途中で途切れたり、ほかの曲線とまじったり、ぐるっとまわって、節で終点になったり。細い線がいくつも集まって、どれがどれだか区別ができなくなったり。

やわらかい布団から手をだして、畳にふれる。
指先でさっとこすり、絃《げん》をはじくように、じゃらんとはずみをつける。爪でひっかいてみる。織られている藺草《いぐさ》一本一本をたしかめ、たたみべりのざらざらした模様を何度も何度もなでる。

縁側でやわらかい日差しをあびながら、冬至を過ぎると、日がすこしずつすこしずつのびていくんだよ、一日に畳の一目ずつ、ってね、ともう四半世紀も前にいなくなってしまった祖母が教えてくれた。


八畳間にはステレオがあって、小さいときには意識してつけることがなかったけれど、ふせっているときだけは、微熱のなか、音楽を聴いた。

いつも《未完成》。

なぜだったかわからない。ふつうのレコードより小さい、二十センチくらいの盤。

大人になってからも、《未完成》がなっていると、八畳間を、ほてったからだを、糊《のり》のきいてかたくなったシーツをおもいだす。


一晩泊まって、翌日の夕方、紗枝がくるまでやってきた。

熱のある顔ではなかったが、サイェの動作はゆっくりで、機嫌がいいようにはみえない。

紙袋につめられた柿は、例年よりずっと多かった。


両親がはたらくサイェは、学校を終えるとわたしのところに寄ってゆく習慣だが、かぜがぬけるまではと、下校時間をみはからって、わたしがむこうのうちに送ることにした。ひとのうちではあったけれど、ソファで本を読んだり考えごとをしたりし、サイェはそばで、わたしのところでしているように、宿題をしたり、本を読んだり、ぼんやりしたり、あいまあいまに、ちょっとおしゃべりをする。

おばあちゃんちで、あんなふうに寝たのはじめてだった。

ふしぎ、だった。

サイェがすこし前のことを言っている。

——ふつうにではいりしているのと、布団にはいって横になっているのと、部屋のかんじが、まるっきりちがってる。

なにも、ない、ところが、とってもたくさんあって、空気がいっぱい、というか、体積？　容積？　がある、って。

古い家だからね。天上、も高いし。

——つりさがっているまるい蛍光灯に照らされて、天井の木目がゆらゆらうごく。得体のしれない生きものみたい。

おばあちゃんやおじさんがむこうで部屋をではいりすると、部屋がふわっと一瞬ふくらんで、すっ、とぬける。片方は大きなアルミサッシになってるけど、板ガラスがのこってる。曇りガラスになってて。

ガラスとささえがちょっとずれて、振動があると、かたかたする。雪見障子、っていうの？　あれもかたかたかたって。

そうだね、あの部屋、けっこう音がするかもしれない。

夏だと、レースのカーテンが風にあおられて、ふわっと持ちあがってさ、二重三重に模様がかさなって、いくつもべつの模様がみえてくる。

——畳に布団を敷いて寝ていると、むこうのほうの音が伝わってきて。耳が床にちかい、から？　ちかくにおじさんがくると畳がむっと沈むのがわかったり。おばあちゃんだと、す、す、っとすれる音。

サイェは目で、いまいる自分のうちのなかを、さっと見回してみる。

すこし黙ってから、手元に冷えたお茶を一口飲む。

——うちのベッドとちがってる。

マンションだと、よその音が伝わってくる。ならびの、べつのうちのなかで何かがあっても、ときどき、わかる。むかいのうちの鍵があいたな、とか、となりのうちで何かがぶつかったり、上の階で誰かが歩いていたり、ものを落としたり、ひきずったり。うちのなかの扉がぜんぶあいてると、廊下をとおして、よそんちの赤ちゃんの泣き声もしてくるし。

あまり気にしていなかったけど、聞こえるね。大抵はそのときだけはわかっても、すぐ忘れてしまう……

——うちのなかはね、引き戸を開け閉めしたり、すぐわかる。冷蔵庫がうなって、なぜか、安心することもあったり。

かあさんがね、クローゼットをあけて何かしまったりだしたりするでしょ。ふとしたきっかけですぐわきのわたしのベッドにぶつかったり。すると、ごん、と鈍い音がするけど、それだけじゃなくて、そのあとがおもしろいの。マットレスのばね、なのかな、びいん、とか、びょーん、とか、振動して、揺れて、しばらくつづく。けっこうつづくんだ。いつまでだろ、って感じてる。

サイェの、というか、紗枝の、といったらいいのか、このうちはマンションだから、一戸建てとはひびきが違うのだろう。でも、サイェは、まわりでひびいている電子的な音より、偶然の物音のほうが気になるよう。

——昼も寝ていたから、夜、みんなが寝たあと、ちょっと目が覚めたりして。

タイマーがセットしてある加湿器が、急に、切れたりする。あ、夜、静かだな、静かなのかんじ、がわかる。わかるような気がする。夜だな、みんな寝ているんだ、って気づく。

窓の外でくるまが通りすぎてく。

むこうからこっちへ、ふわあっと紡錘《つむ》のようなかたちに音がすぎて。

犬が一回、吠えたり。足早な靴音がしたり。

歩いてる人、まわりの静けさ、感じてるかな、っておもったり。

でね、あかりをつけずに台所に行って、水を一杯飲む。よく知ってる部屋が、大きくなったみたい。カーテンがあって、窓があって、そのむこうからほんのりと外のあかりがはいってくるから、家具たちの輪郭がわかる。

サイエ、おばあちゃんのところ、と、このうち、とどっちがいい?

サイェは黙っている。どうして選ばなくちゃいけないのかな、とぽつりと言ってから、加える――わたし、選べないな。

――寝てるでしょ、ほんとには眠っていなくて、ぼんやりはしてるけど、なんとなくわかってる。

暗いなか、誰かが、寝床にやってきて、てのひら、が、額にふれる、の。

つめたかったり、あたたかかったり。

それから、布団をね、ぽん、と一回、やわらかく、たたく。

そして、むこうに。

よくわかってないんだけど、いっちゃうときに、ひろがってるかんじがする。

何なんだろ、何か、が。

あ、やだ、というのと、うん、でもいいんだ、っていうのと、そんなかんじのなかで、またとろとろしてしまう。

――ね、なんで、おばあちゃんも、かあさんも、おじさんだって、ぽん、とたたくんだろ。

わたしも、いつか、いつから、か、たたくこと、あるのかな。

ねこ・とこ

玄関の扉がきしる。

外にいたサイェがはいってくる。

母とお茶を飲んでいると、サイェがやってきて、言うのである。

——門のそばにある大きな木があるでしょう?

キンモクセイ?

——ちがう、ちがう。キンモクセイはもっとこっちじゃない。オレンジ色の花がつくから
知ってる。あれに似てるけど、おんなじように刈りこまれてる、門のそばの。

なんだろ。シイ?

──まるみのある、玉仕立てって呼ぶのかな。
キンモクセイもそうだけど、幹から枝が外にむかって、葉は外についてる。下からみあげると、枝と幹は葉で隠されてる、守られてるみたいにみえる。でね、そういう木に、鳥が来て、木のなかで鳴いてるの。何羽かいて、鳴きかわしてる。そばに行くと鳴きやむけど、しばらく木の下で動かずにいると、また、鳴きはじめる。どこにいるのかよくわからないんだけど。

母がことばをひきとる。
そうだよ。
だから、木の下にはしょっちゅうフンがおちてる。ムシがつくからね。
気がつかなかった？

サイェは、気がつかなかったようだが、きっと、悟られるのが恥ずかしかったのだろう、はなしを先にすすめる。

──鳥、いないかな、って見上げてた。じっと、みてた。風は、きょう、ないし、枝をわたれば、わかるかな、って。

うごいたな、と、瞬間、わかる。

姿はなくて。でも、でもね、

サイェはスマフォを開いてみせる。

じぶんのではなく、ここにくると、わたしのを持っていき、気になったもの、おもしろいとおもったものを撮ってくる。さしだす画面には幹と枝、さっきサイェが言ったとおりの。


うん、こんなだよね。

――そうじゃなくて

サイェは急かすよう、でも、こっちがぴんとこないのを誇っているかのように、よくみて、と、なかのほう、まんなかのほう、とおやゆびとひとさしゆびで画像を拡大してみせる。

小さくて気づけなかった色の変化が、薄茶色のしみみたいなものが、幹のあたりにみえてくる。


でね、とサイェはつづける。

木の下のほう、揺すってみたの。ほんとに、この茶色いのがアレなのかな、って。

アレ？　アレ、ってなに？

サイェはべつの画像をだす。

動画になって、さっきの幹と枝がほんのすこし揺れている。揺れのうごきより、揺すっている枝の葉のこすれる音がずっとつよい。画面は、不安定に動き、幹や枝も、中心からずれたり、また戻ったり。茶色がすこし広がって、左側にあらわれたのは、猫の顔。

あら。

母が、つい、もらす。

――ね、ね。やっぱり、猫だったんだよ。あんなとこにいたんだよ。にゃんだよ、って顔してるよね。

たぶん、あの木だから二メートル半から三メートルくらい。わざわざ上って、腰を落ち着けてたんだ。

あれは〝とこ〟だね。母が言う。

——え？

おばあちゃんが言ってたの、あ、わたしのおかあさん。紗枝のおばあちゃん。サイェにとってはひいおばあちゃんがね、ねずみをとるのは〝ねこ〟、とりをとるのは〝とこ〟、へびをとるのもいて、そういうのは〝へこ〟って。

だからその子、そんなとこにいて、とりを狙ってたのよ。

——そうかなあ、ただのぼりたかっただけじゃないかなあ。高いとこ好きだし……。

サイェはひとりごとのように言っている。そうかもねえ、高いところがねえ、と声にはださないが、相づちをうってやる。

——池をのぞいてるのは、どうなの？　なんか呼びかたがあるの？　ねこがとるの、もっとあるよねえ……。

母がわたしの顔をみて、わたしはサイェの顔をみて、サイェは母とわたしを交互にみてから、ゆっくり、小さく、笑う。母とわたしは、つい、吹きだしてしまう。

——ねこ、は、ねこ、だね。

三人はいっせいに吹きだして。

ちくちく大会

ジーンズがくたびれて、藍色《あい》が薄くなった。ストーン・ウォッシュとまではいかないが、ところどころ擦り切れている。

と——おもっていたところ、膝に小さく穴があき、あとは日ごとに領地が広がった。はじめのうちはおずおずと隠れていた白い糸が、いまでは大手をふってはみだし、さすがにこのままではとおもうものの、どうしたらいいものかわからぬまま、穴はまた大きくなって。

おなじ大きさのままならいい。でも、ちょっとしたきっかけで思い掛けない拡大をする。履くときには穴のないほうに足をいれ、注意しながら、もう片方をいれ、ず、ず、ず、とのばしてゆく。寝起きで忘れたまま間違えると、穴に足指をひっかけて一気にやぶれが進む。そんな経験があるから、とくに気をつける。

予想外だったのは、こんなこと。低い位置にあるタオル・ハンガーにひっかかって、ふだんは気にしてなどいないのに、洗面所から廊下にでるところで、どうしてこんなにうまくとおもうのだが、ちょうど穴にはいって、こちらの歩くテンポをいきなり乱す。性懲《しょうこ》りなく何度も。穴の拡大に影響しないのは救いだが。そもそも実家のような古い家屋だと障子や襖、引き戸がほとんどで、取っ手のついたドアはあまりなかった。マンションとなると、部屋ごとの区切りをドアでしていることが多く、ジーンズの穴だけでなく、トートバッグやショルダーバッグをこの取っ手に引っ掛けて、つい、と、引きとめられることしばしば。ジーンズの穴、はじめてではない。ないのだが、以前にどうしたのかは記憶から抜け落ちている。買い替えているはずだが、捨てた記憶もない。実家のどこかにジーンズたちが安らいでいる押し入れでもあるのだろうか。古い家屋でどこかに引っ掛かった記憶もない。たぶん。

サイェはジーンズの穴を見て見ないふりをしつづけていた。だが、さすがにめいの目の前でタオル・ハンガーに引っ掛かるおじの姿には呆れたようで、修繕するか捨てるかしたら、とおずおずと提案してきた。そんなことに応えるのも恥ずかしいやら苛だつやらで無愛想に喉の奥をならしただけだったが。

何日かしてやってきたとき、サイェは言うのである。

——おじさん、ちくちく大会をやるから、そのデニムはきょう持ってくてね。

サイェはジーンズなんて言わない。デニム、と言う。おなじものがべつの名称になっていることはしばしばある。リンスをめいはコンディショナーと言う。サイェがそう言うということは、母親が、紗枝が言っているのだろう。

なんだい、ちくちく大会、って？

予想はついたがそのまま納得するのも腑《ふ》に落ちず、わざと尋ねる。案の定、針仕事をそう呼んでいるのだが、ひとつだけではなく、いくつもいくつもとれたりとれかけていたりするボタンをかがったり、かぎざきやほころびをなおしたりするときにそう言うのだと。

——おかあさん、お裁縫してると黙っちゃうんだもん、機嫌悪くなって。

紗枝は針でこちょこちょやっているのが大の苦手だった。学校に通っている頃も、熱があろうとどこかが痛かろうと、大量の計算問題や工作の宿題がでていようと淡々とこなす。だが、何かを縫ってくるとかだとまずぐずぐずし、はじめるとやたらに時間がかかる。はじめはいいとして、だんだんと内にこもる。それがいつもの紗枝だった。そんなときにはできるだけあたらずさわらず、こちらの存在を消すようにつとめさえした。

紗枝につきあったり、アドヴァイスしたり、他愛ないはなしを問わず語りにしながら、ときどきちょっと手伝ったのは、母の母、還暦はすぎていた祖母だった。還暦はすぎていた？

そうか、あのときの祖母はいまの母よりずっと若かったんだ。

おもいだすのは、畳の上に座布団を敷き、裁縫をしている祖母だ。のちに孫たちふたりの部屋へと改装される二階の六畳の和室は、南向きの窓が大きく、大人が正座してちょっと前屈みになれば、窓枠に腕をのせてのんびりと外がみえた。いまのように二階三階のマンションが建っていなかったから、緩い坂の上にある家からは、二区画先の銭湯の屋根と屋号が記された煙突が、もっとむこうには左にかつてのアメリカ空軍の家族宿舎に立っている細いアンテナが、右側にはゴルフ練習場のネットが見えた。祖母がいた頃、空はもっと広かった。むこうまで広がっていた。

祖母の部屋にはミシンもあった。母がつかっていた。黒光りしたシンガー製を模したもので、戦時中にどこかから祖父がこっそりと手にいれてきたらしい。独特な形状をした本体は、精密機械のイメージだ。本来ニスが塗られた茶色い箱につかうごとにしまわれるはずだったが、しまったらすぐには使えないじゃないと、ふだんはそのままふわりとかるい布だけがかけられていた。布で隠されてはいても、木箱からのびている脚《あし》と足踏みペダルは鉄のレースのよう。むきだしになった姿は、後年パリで間近にエッフェル塔をみたときに連想したのはこのミシンだった。ペダルはいつも粗いつくりの小さな「おざぶ」がのっていた。

足踏みミシンをつかうときは家のどこにいてもわかった。テンポはいろいろ変わるが、木造家屋は揺れる。あ、動き始めた、とおもう。かなり喧《けたたま》しく感じる。妹とわたしは、あ、攻撃が始まった！　とわざと盛りあがってみる。そんなのはでもはじめだけ。機械にむかっている者もそうでない者も、いつしか意識しなくなる。せいぜいおやつの時間に食いこむと催促をしに二人のどちらかがあがっていくくらいで。

子どもたちは自分たちの部屋をほしがった。二階のはし、西側の部屋を畳の部屋から洋間にかえて、勉強机とベッドを置いた。祖母は孫たちのため、となりのもっと小さな部屋に移った。大きな窓はなかった。子どもの身勝手さと鈍感さは、後年、おとなになって、ふとつよくわきあがって、いたたまれなくなる。祖母にはずっとあそこにいてほしかった。いまも、だから、祖母はあの部屋にいつづける。いてもらっている。薄茶色の老眼鏡をかけて、手元の針をゆっくり動かしている。想像のなかの祖母は。

わたしはわれにかえる。すくなくとも身近でめいが針を手にしている姿を見たことはない。なかった、とおもう。この部屋にはそもそもそんなものはないし。

サイエも針を持つ？

——わたし、おかあさんより得意、なんて言えないけど、好きだよ、おさいほ。

紗枝の娘が好きとは。針仕事だけでなく、編みものでも紗枝はおなじだった。母の「かいぐりかいぐり」ということばにはぴんと耳をたてたり、毛糸玉に子猫のように反応したりはした。かといって自分で縫い針を手にすることはなかった。サイェは母親を促し、あいている時間に、手をつけるものを積みあげて、ちくちく大会を敢行するという。

——そばにカップにいっぱいお紅茶いれて、学校のこととかをおしゃべりしながら、やってく。おじさんのズボンはいやがるかもしれないけど、かあさん。

紗枝は、祖母から手先のこととは違ったものを教わったのかもしれない。そんなふうに、ふと、おもう。わたしは、何か、受けとったのがあったか、どうか。

とおもったら、サイェはにこにこしながら言うのである。

——おじさん、今度、編みもの、してみる？　一緒に、マフラー、編んでみる？

冷蔵庫のなかで

遠方の友、ではない、
メトロに乗れば三十分もかからないところにいる友だちが、わざわざ封筒を送ってきた。
何かの案内かと開いてみると、一筆箋《せん》が添えられて、プリントされた写真が三枚。
仰々しいことだとおもったが、わざとのようだ。

少し前からぬかみそをつけている。
いろいろな野菜を試している。
たのしい。

それだけ。
写真はぬか床に手をいれているもの、手についたぬかときゅうり、かぶ、にんじん。
ディジタルで撮影しているようだが、一枚ずつプリントしているところが凝っている。

電話をかけて、味の感想を尋ねる。

始めたばかりだからとの前置きはあったが、楽しんでいるし、店で売っているのとは違う、きゅうりならきゅうり、かぶならかぶをいくつか漬けて、何日後、何日後、とすこし時間差をもうけてわかってくることもあるんだ、と。

十年ぶりなんだよね、母がやめちゃってから。

写真を見たときからもぞもぞと動いているものがあったが、電話を終えると、やはり頼んでみよう、やってみよう、という気になっていた。毎日のように来ているサイェも、ぬか漬けを娘に教えた紗枝も好物だから、わたしのところでやってもいい。

母がぬか床をやめてしまったのはいつのことだったか。

やはり十年、いや、もっと経っているか。

たまにぬか漬けがほしいと言ったときには、デパートで、高いなとおもいながら、買っていくのが、いつしか、習慣に。これ、おまじないがしてあるね、と言いながら食はすすむ。すぐなくなってしまう。

友が教えてくれたのは、通信販売の「ぬか床キット」。

ネットで検索をかけ、注文する。

数日後には届いた。


プラスティックの四角い容器に、厳重にビニール・パックされたぬか床を、押しだす。

水分がないので、はしのほうからすこしずつすこしずつ。

湿り気はあまりない。つながってはいるが、ぽろぽろしているようでもある。

初回は容器にいれて、かきまぜるだけ。

あとは野菜をいれる。

手元にはきゅうりしかなかったので、まずそれを。

母は何かというと、ぬか床のにおいが手につくのをいやがったが、さほど気にならない。

新しいせいだろうか。

何回も漬けると水がでてくるから、水をとって、かわりに塩や唐辛子を加える、と説明書に。こうしたものも付属品としてついている。至れり尽くせり。


何年か前、先祖代々受け継がれているぬか床が中心にした不思議な小説を読んだ。ぬか床を生きものとしてとらえているのが、新しいようで、また、なんとはなしにあたたかさを感じさせた。手元にあるのはそんなおもむきがあるぬか床でない。新しい。白と透明のあいだくらいの色があるともないとも、といったタッパーのような容器。昔日の、焦げ茶色に、黒いしたたりがついたような常滑焼《とこなめ》の壺とは大違い。このぬか床は、とてもじゃないけど、うめいたりしない。ヘンな言い方だが、およそ散文的。とはいえ、メリットは、壺とは違って、冷蔵庫に収まる。外にでているとキッチンの片隅を間借《まが》りしているお客さんのように、料理のときなど、こちらは遠慮しながら動く。はやく漬かりすぎるのも、一人暮らしには困りものだったりし。

きゅうりからかぶ、なす、キャベツ、にんじんとひととおり漬ける。

野菜が大きすぎて半分に切らなくてはならなかったり、皮が厚くて予想より漬かりが浅かったり、ぬかのなかに細かいものが散らばってしまったり、と、試行錯誤。冷蔵庫から外にだして、というのも試した。冷たいところと違って、息をしているかんじで、一晩でいれものがぱんぱんになってしまうから、あわてて冷蔵庫に戻したりも。

サイエにはときどき、うまくできたものだけ持たせた。持ち歩くときににおうといけないので、ビニール袋にいれ、さらに保冷剤と一緒にべつの袋にいれ、よくしばって、小さな手提げ袋の底に。

おいしかったよ、やっぱり売りものよりいいね、と紗枝からメールは来たものの、それ以上に何か言ってくるわけではない。

母のところに持っていくから、と、ぬか床を冷蔵庫からだしたとき。ぬか漬けは好きでも、ぬか床には興味を持っていなかったようにみえたサイェが、自分から、やらせて、と言いだした。

いいけど、いやなんじゃないの？　手ににおいもついちゃうし。

サイェは、いい、と、おばあちゃんのところに持っていくのは自分がぬか床からだす、とばかりの顔をしている。こちらはべつにかまわない。

じゃあ、手を洗っておいで、石鹸できれいにね。

調理台にぬか床を置く以外、こちらが手をだすことはない。めいはふたを開け、右手をゆっくりぬかにひたしてゆく。表情がすこしかたくなる。左手がひたされる。両眉がまんなかに寄ってきて、唇がつきでてくる。頬に力がはいっている。それから、気づいたように、口を一回あけて、息を吐く。

どう？　粘土いじりをしてるみたい？

サイェは黙っている。

子どものときはね、紗枝とよく庭で泥をこねたんだよ。そのかんじに近いかな。

手を、指をちょっと動かすと、何か違和感があるようで、とはいえ動かさなくちゃしょうがないというのもわかっているから、そのままめざすものを指は探っている――のだろう、きっと。じつはこっちも何十年かぶりにぬか床に手をいれたとき、おなじだった。それをサイェも体感しているにちがいない。

手がひきあげられる。

きゅうりが右手に。

つぎにかぶをつかんだ左手があらわれる。

指と指のあいだ、やわらかくうごいていくかんじが、まだ、ちょっと慣れない。

うごいてるのが、耳に聞こえるわけじゃないんだけど、手と指に音みたく感じてる。

泥っこねとか、紙粘土に水をたっぷりつけて、というのが似てるんだ、ってかあさん言ってたけど、そうなの?

めいはひとりごとのようにぼそぼそと問い掛けてくる。

あは。

こちらはとりあえず口で音を発して、きいてるよという合図だけ。

蛇口からでる水でぬかを洗いながして、まな板にのせる。

ぬか床にもう一度手をいれて、ゆっくりとかきまぜる。サイェの表情はさっきより硬さがとれているものの、真剣だ。

まな板は、衛生面で気にならないでもないのが、包丁がたてる音が好きで、プラスティック製ではなく、昔ながらの木製。子ども用の小さなナイフのような包丁では音もあまりたたないし、ぬか漬けは湿り気もあってどうしても湿った音になってしまう。それでも、プラスティックよりはいい。かぶの身の半分より下まで刃がはいって、のこりに力をこめるのか、ぽつ、っと音が。きゅうりは、かぶよりも押しつけるようにして、一気に。

サイエはきゅうりのはじっこをちょっとつまんで口にいれ、一噛《ひとか》みしてから、ん、よく漬かってる、と祖母をまねて言う。

小さなタッパーに切ったきゅうりとかぶをいれ、ビニール袋で包む。保冷剤を忘れずに。スーパーの手提げ袋にいれて、できあがり。

サイエ、おばあちゃんに、「わたしのぬか漬け」って言う？

言わない、とめいは無表情にかえしてくる。わたしが漬けたんじゃないし、とりだして、切った、とは言うかも。

あいかわらず生真面目《きまじめ》というか、カタいというか、おもしろい。

わたしの媚びたもの言いなど、この子は頓着しない。サイエ、おまえもぬか漬けにしたほうがいいのかも。そう笑いとばしてみたいとおもったけれど、また不思議な顔をされても説明に困るので、黙っていた。

マッチ箱

なんなのこれ？

押し入れをあさっていたサイェが声をあげる。

どした？　なにがあった？

ひっぱりだしていたのは大きな三つのビニール袋。なかにはちいさな箱とか折りたたまれた厚紙で、すぐわかる、というものではなかったのだろう、声には好奇心とともにいぶかしさがまじっていた。

押し入れの奥はふだん忘れているものたちが眠っている。あるときから不要になったもの、もともといらなかったのに何とはなしに処分できないもの、が無秩序にある。じぶんの代だけならいざ知らず、二代三代ともなると、容易に手がつけられない。モノにはモノの、人知を超えたものがある。と、そんな大層なはなしではなく、若い時分に気まぐれにとっておいたものがでてきた、にすぎない。なにかといえば、マッチだ。

マッチじゃない。ふしぎじゃないでしょ、こんなの。

めいは、でも、マッチになじみがなかった。うーん、そうなのかな。なんでもカチッとすると火がついてしまうから、摩擦をおこして火をつけたりする機会がないのかもしれない。プロメテウスの神話は忘れられてひさしい、か。

高校生から大学生、就職して間もないころか。正確にはいつからいつまでかおぼえていない。いつから持ち帰らなくなったか。

大抵は飲食店の。じぶんの活動範囲がわかる。おもいだせる。なつかしい店があり、まるで記憶のない店があり、なんでこんな界隈、とあたまをかしげる店がある。

友人たちと飲食店に行った。無償の会話をどれほどしたか。喫煙の習慣はなく、店のマッチだけ持ち帰った。いや、タバコ一本もらって、半分くらい吸って、なんてのはあったかとおもう。それでもマッチは残っている。

ひとつ手にとり、もひとつ手にとり、とするうちに、モノそのものより、正確な記憶ではないのだが、モノとともにある時代がたちのぼる。捨てがたい。

火事になるよ、と注意され、そうかもしれないなあとおもって、あるとき箱だけのこすことにした。

つぎつぎ袋にあける。紙マッチならちぎる。頭薬部分の多くは白く、面白味に欠ける。未練もない。ときに色がついているのがあって、一本だけ残す。紙マッチのならびがおもしろかったり、それぞれの軸木《じくき》にことばがかかれているものもある。

箱マッチや紙マッチだけでなく、一見もっと立派ないれものにはいっていたり、ふつうよりずっと長細い箱があった。やけに長くて、なに？　とおもってあけると、なんだ、なかは上下二つに分かれていたり。

デザインはさまざま。多くの店はすでにない。たまたま近くをとおって看板を見掛けるとなつかしいというより、ふっ、と、瞬間、タイムスリップし、まだあった、あってくれた、と息をつく。

じぶんで持ち帰ったのではないもの、見慣れぬ古いデザインのもまじっている。父や母が、こちらの十代二十代よりもっともっと前、やはりマッチを持ち帰ってきたもの、らしい。出張先のホテルの、あまりに変哲のない不愛想なのも、往年の映画にでてきそうなのも、名前だけきいたことがあったりするのも。たぶん、と想像してみる、かつてシャレたデザインで手軽に持ち帰れるのはマッチくらいだったのかもしれないな。

なんか書いてあるよ、とサイエに言われて、どれ？　と手にとる。じぶんの字だ。マッチ箱の白い部分、引きだしのところに小さく文字が書いてあるのがいくつか。年月日、とひとの名と。たくさんはない。忘れていた。すっかり。そのとき誰といたかが書いてあるのだ。ほとんどは誰だっけとおもう名ばかり。なかにはしばらくして、ああ、そういえばこういうひととつきあいがあったのかとおもったりも。

細いマッチをビニール袋にいれる。たくさん集まってうごくと、乾いた音が。まとまっているのに、軽いからか、音のさまも、水がながれるよう。過去のことどもはこんなふうにひとつずつ小さく干涸《ひから》び、音をたてる。まとめて捨てたとき、この音がとても好きだったのがおもいだされ。

過去を想いだすきっかけはいくつもある。きっかけを欠いて想いだせないこともある。想いだせずにいるほうが多いかもしれない。古いマッチは、それぞれのときを想いださせてくれはしないけど、箱がいくつもいくつもあることで、一時期、わずかでもじぶんが身をおいたところの輪郭を、あるときあるところのかんじを、ふと、想いださせてくれる。いくつものマッチがひとつの界隈を描きだしたりもして。マッチを擦ってわずかのあいだ浮かびあがる幻影を描いた北欧の物語――のようには美しくないけれど。

マッチのすぐ消えてしまう光は、日常の電気のあかりとはべつのものをもたらす。だから、との口実で、マッチ箱はまた、押し入れのなかにそっとしまわれる。サイェはその様子をだまってみている。

冬

ちいさなお店で

新しい店なのに、前から知っているような。

カトラリーは新しいけれど、壁や天井や柱やカウンターは手の感触がある。

工業製品、でなく、手作業の、か。


サイエ、ジュドランジュ？


フィリップはサイエに正面から視線をあわせて、尋ねる。

サイエはこくりとうなずく。

フィリップは右手の人差し指をたて、ちょっちょっと左右に振り、あわせて、くちびるの両端を上にあげる。


ほとんど観光地と化している大きな坂道の一本裏手には、小さな店が軒をならべる。

大概は夜になるとあかりがともる飲食店。

ところどころに古くからの八百屋や豆腐屋、牛乳屋、また理髪店や銭湯が。

人通りは表通りとは比較にならないけれど、昼も夜も、あたりを見知った落ち着いた視線が、少し暗い道を、ゆっくりした足どりで過ぎてゆく。急ぎ足なのは、髪の短い板前法被《はっぴ》のおにいさんが八百屋に駆けこむときときくらいか。

陽が落ちかけると、道はわずかに活気づく。

店じまいしはじめるお年寄りの店主と、これからお客さんを迎える店と。


来たときにはもう陽が落ち、二人ほどお客さんがいた。

二階にもあと二人、とチャコが言う。

飲みものと小さな皿が二つ三つのるくらいの足の長いテーブルについて、サイェは弾力のあるパンをどうしたらうまく千切《ちぎ》れるか苦心しながら、落ち着かなさを誤摩化《ごまか》している。

中学生の子を連れてくるのにすこし抵抗はあったが、フィリップの店に、フィリップが新しく開いた店に行きたい、とせがまれて、だった。


店をやるんだ。

小さな、でも、ありそうにない店。

気軽にはいれて、ワインがあって、ちょっとつまめる。

バル、みたい……でも、イタリアやスペインのじゃなく、フランスの、南の料理で。

夢みたいなとおもっていた。

フィリップがチャコと暮らしはじめて四年、いや、五年か。

南仏のペンション・オーナーとして、夏は帰国するものの、それ以外はこの極東で、一見、気ままに暮らしている。

店の目星はついている。食器は揃えたし、あとは内装をやるだけ。

そうきいても半信半疑だった。

こっちは毎日ほとんど変わりなく過ごしているあいだ、フィリップは準備を整えていた。

絵空事のように感じていたのは、フィリップが内装を自分でしている、と言っていたから。

壁に漆喰を塗り、床に板を張る。骨董市で買ってきたお気に入りを飾る。

誰かにやってもらえばいいのにと言うと、高いし職人なんて信用できない、と。

フランス人だからね。

チャコが笑う。

フランスとは違うんだよ、と言ってもだめ、自分でやる、ときかない。

何年もかけてヨーロッパの人は別荘をつくったりするものね、とかえしたのは紗枝。

チャコは紗枝と昔から仲良しで、よくうちに遊びにきていた。

妹の友だちは、いつのまにかわたしの友だちにもなった。

忙しくうごきまわっている紗枝より、よく顔をあわせるようになり、フィリップを紹介されたのも、親しくなったのも、紗枝より先だった。

新しい店は、でも、フィリップがひとりで内装をやっているときから、ときどき顔をだし、差し入れをしていたこともあり、紗枝が先んじていた。おあいこ、と紗枝は笑った。


骨董市をまわって、運びこんだものたち、使いこんだものたち。

出かけるたびにものがふえていく、部屋が、居住空間がせばまると悲鳴をあげていたチャコは、こっちにものたちが移ってゆくのを、減っていくのを、一日一日、体感してきた。

あそこにあった箪笥が、ワイン・オープナーがいっぱいの箱が、積み重なっていた皿が、壁に立てかけてあった古びた油絵が、あぁ、こんなふうにならぶんだ、と、やっとここに来て腑に落ちた、と。


新しいお客さんがやってくる。

はいってきて、三つのテーブルを順繰《じゅんぐ》りにみまわす。

あれ？　という表情の後、奥の階段をみつけて、友だちが……、と一言。

チャコが、どうぞ、と手をむけると、二人の女性は階段にむかってゆく。

そのときだ。

サイェは顔を不意に上げ、天井を見上げ、口をちょっと開いたまま、目を泳がせる。

声にださずに、尋ねる表情をむけると、サイェは視線を手元の皿に瞬間、落としてから、こっちをむいて、言うのである。


——ブケッティーノ、だよ！


チャコとわたしの視線が交わる。

サイェに顔をむけ、ブッケ・ティーノ？　と小声でくりかえす。

今度は、フィリップが、声を高めて、言うのである、アァ、ブケッティーノ！

フィリップを、チャコとわたしが、見る。

フィリップはサイェにむかって笑みをおくっている。

あらためて、チャコとわたしは顔をみあわせる。

さっきまでの、サイェの緊張はなくなっている。


そ、ブケッティーノ。

しばらく、沈黙

フィリップは、うんうん、と小さく頷いている。
おじさん、おぼえて、ない？　ブケッティーノ……
前に、行った、おしばい、親指こぞう、って、
みるんじゃなく、きく、おしばい。
小屋みたいなのができてて、そこにはいる。
はいってくときに、かさ、かさ、ってなる。
枯葉だったかな、木のくずかな、紙かな、
あしのうらの、踏んでるかんじ、が。
においもしてたっけ。
何のだったかは忘れたけど、なんか、いい、におい。
ベッドがいくつもいくつもならんでて、大人も子どもも、横になる。
毛布をかけたりもして、さ。
電球がひとつだけ下がってて、あとはまっくら。

おはなしはおねえさんがひとりだけ。

絵本読むみたいに、

「むかしむかしあるところに」。

おねえさんは声を変えて、
おじいさんになったり親指こぞうになったり、人食い鬼になったり。
でね、
いろんな音がする。
外で動物の声がしたり、動いたり。
とびらがぎーってなると、ほんと、こわい……。
小屋の壁を外からたたいたりひっかいたりこすったりもして、ね。
うん、
突然、だと、びく、っとする。
それがむこうだったりこっちだったり、むこうとこっちだったり、動いたり。
いいいいいい、
だんだんだんだん、
とたたきながらはしってきたりして、なんか、こわかったりおかしかったり。
部屋のあちこちでひびいて、
あ、くるな、くるな、とか、
とおざかってく、とか、
するといきなり、天井からばーんと音がしてびっくりしたり。
たしかにそんな芝居を、ちょっと変わった芝居を観に行った。

何年前だったっけ。

サイェはそのときはじめてフィリップに会ったんだ。

でも、それが?

おもった瞬間、フィリップはカウンターのなかから外にでて、階段を駆け上がっていった。

いまさっきのお客さんの注文をとりにいったとおもっていたら、あっちで、そして、こっちで、どんどん、と、かんかん、と天井から音がする。二階を歩き回っているのだろうか。

お客さんたちがあげる笑い声も届く。


——フィリップが「ブケッティーノ」してる!


フィリップは階段を、不規則に、かかとをつよくあて、踏みならし、はね、すって、みる。

テンポを変えながら、壁をてのひらで、げんこで、指先でたたいたり、こすったり。

お客さんが、何、この店? とおもってもおもわなくても、フィリップは気にしない。

ここはこういうこともおこる店。

いまはサイェがいて、誰よりもサイェとつうじているのは、からだで、音でつうじあっているのはフィリップだ。

まばらに通ってゆく人、人たちは、新しい店のかまえに目をむけ、外のメニューをのぞきこむ。ガラス張りの店内に笑顔があふれているのを、不思議そうに、ちょっと名残《なごり》惜しそうにみて、通り過ぎてゆく。

＊『親指こぞう　ブケッティーノ』は、シャルル・ペローのストーリーを、イタリアのキアラ・グイディが演出した作品。二〇〇六年に神奈川県民ホールで公演され、列島各地で上演された。

本のかみがみ

床に放りだしてあった文庫本を手にとって、サイェは眺めたり鼻を近寄せたり、人差し指と中指で撫で、表紙から裏表紙からぱらぱらとトランプをきるようにしたり。

におうだろ？

古い本はめずらしくないはずだ。部屋にはふつうに、三、四十年前の本がある。本棚にはいっているならあまり変わらないが、すきがあったりすると、表紙はともかく、なかが変色していることも、しみがはいっていることも多い。

においはね、知ってる。めずらしいのはね、この紙のほう。めいはそう言って、包んでいる薄く透きとおった、でもしみが、しわがはいって透明度がかなりわるくなった紙を、表紙からはがしてみせる。

折れたところは特に濃く色が変わっている。すり傷のようになっているところもある。グラシン紙だ。

一九七〇年代くらいまでは、こういう紙がいくつかの文庫にかぶせてあった。カヴァーに絵や写真がつかわれるのがふつうになっても、すべてがおなじように変わったわけではない。書店の棚には、白いカヴァーもあればこの薄い紙もあって、ばらばらだった。いや、ばらばらだった時期がある、というくらいか。

サイェがみているのは『火の娘』。自分が古本屋で見つけたのか、母が『蝮《まむし》のからみあい』や『プシケ』『弟子』などとともに熱心に読んだものだったか。

古びるとかんたんに破れてしまう。

そうだ、ちょっと待ってて。

二重になっている本棚の、前の本を何冊かどかし、奥にある一冊を手さぐりでだす。サイェの手にあるのとおなじ頃の文庫で、グラシン紙が大きく裂けている。何かのきっかけで表紙に一部貼りついてもいる。しみがある。グラシン紙やパラフィン紙は、紙にくわしくなくても、親しみがあった。ハトロン紙というのもあった。学生時分には、貸した本をわざわざそんな紙につつんでかえしてくれる女友だちもいた。

わたしはめいに、やぶっていいから、と渡す。
サイェは、いいの？　というのとやだなというのがまじったしわを眉間によせ、こっちの顔をうかがってから、視線を手もとにおとし、左手で本のはしを押さえながら、右手で裂けているところからそっと、ほんとうにちょっとずつ、紙のかたほうをひっぱってゆく。ぴり、ぴりと、うすい紙特有のやぶれかたが。ところどころ貼りついて、はがれるのに、ほんのわずかだけれど、力がよけいにかかる。切れる、というより、さけてゆく、はがれてゆくテンポ、めりめりと繊維がちぎれてゆくような。どこか、子どものときに祖母が粉薬《こなぐすり》をていねいにつつんでいたオブラートをおもいだしたりもして。ちょっとしたかげんであれはすぐやぶけたりさけたりしてしまうのだったが。

こんなのみたことあったかな。

あらためて本棚の、洋書が中心のコーナーから何冊か持ってくる。最近はあまり見なくなったようにおもうが、と前置きしながら、一冊見せる。ページによって、上下や右のはしが不ぞろいになっている。これはね、とつづける、大きな紙を折りたたんで綴《と》じたのをそのまま売ってるんだ。手にしても、すぐには読めない。読めないページがある。ペーパーナイフで切ってゆく。
わたしは途中で投げだして、切られていないページのある本をみせる。ペン立てにある、かなり埃のついたナイフを手にとり、ティッシュペーパーでかるく拭いてから、ほら、とページのあいだにさしこみ、下から上に切っていった。

あまり切れ味がよくないほうが好きでさ、と、力をこめる。微小なカスがこげ茶色のデスクに落ち、本の輪郭を描く。

かつて講義をうけていた先生のひとりは、雑誌のために新刊小説の紹介記事を書くのに、右手でゆっくりペーパーナイフをいれながら、そのあいだに左ページから右ページへと視線を動かして、右ページの最後にいきつくときにページもちょうど切りおえたもの、と語ってくれた。とてもじゃないが、そんな芸当はできなかったけれど。

ページのはしまで切り終えると、黙ってナイフと本をサイェにわたす。めいは見よう見まねでつぎのページのはしにきりこみをいれていく。べつの本でもやってみる、と、ミシン目になっているから、さっきのようにすっと切れるのではなく、とたん、とたん、と枕木に引っかかるように、リズムが刻まれて。

さっきの文庫ともまたちがうにおいがするね、とサイェ。

紙にすかしがはいってたり、線がでこではいってたりするだろう？　指さきでなでてみるとみんなちがうし。

ペーパーレス、っていっても、まわりには紙がいっぱいだ。紙にしばられている？　紙に恋着《れんちゃく》している？　わからない。わからないけど、色やにおいや、指紋でやっと触知できるものやが、ありがたい。サイェは、どうなんだろう。こんな紙から、すこしずつ遠ざかっていってしまうのだろうか。それとも――。

ふいてつぶして

あ、
何か、
が、足もとをとおってゆく。

とっさに、ふい、とからだはよけるが、何かが何なのかわかるまでには時間がかかった。

からの、二リットル入りのペットボトル。

ふりかえると、通る人たちのあいだ、駅から横断歩道まですこし傾斜があるから、風にあおられ、ゆっくりと、バウンドする。

軽いからころがり、ひっかかり、ほんのちょっとだけれど、風をうけ、うきあがって、とぶ。とまる、でもそのままあったように、あるように、とまる。すぐ。

ガードレールに、電柱にぶつかり、あっちへこっちへ動いてゆく。気ままで、すこしだけ気味わるかったりもし。

空中だったら風船なのかもしれないが、地面に接しているのでたくさん障害物がある。歩いている人はほとんど、さっ、とよける。よけるというより、かわす。ぼん、とぶつかってしまう人もいるだろうが。ほとんど透きとおった、膝下くらいの物体が、急に足元にあらわれるのだ。さっ、というより、ひょ、っという形容がなじみそう。ときには人に蹴《け》られもするし、見ているあいだはなかったけれど、踏みつけられもするはずだ。

なかにこもりもするのだろうか、どこかのんびりしたような、くぐもった音が、すこし雲がながれている青空の、わたし、わたしたちの足下でひびく。

風が、季節の変わり目だからだろう、すこし吹いている。

サイェがペットボトルを指先ではじく。

はじいては間をおいて、また、はじく。

上のほう、下のほう、中指の爪で。

人差し指と中指、二本のはらで。

中指の先で、ちょっと力をいれ、つよく。

貼ってあるシートをミシン目にそってゆっくりやぶる。

ぴりぴりぴりぴり。

飲みのこしてあったお茶を、少し、ふったり。

大きさは五百ミリ・リットル。

そんなことなどしないめいである。

ペットボトルを持ってくることだってない。やかんで沸かした湯で茶碗にお茶を淹れる。冷蔵庫のなかにあるものをコップに移す。ペットボトルにじかに口をつけない。聞いたことはないが、きっと衛生的ではないとおもっているのだろう。潔癖なのだ。そんなことだと耐性がつかないぞと冗談でおどしたりして。

どうした、そんなの持ってきて？

しばらくしてから、尋ねる。

――と、言うのである、学校に来た人がいる、と。体育館で生徒たちがぐるっと囲んで、いろんなことをするのだ、と。


ふたりのおにいさんが、いろんなものを持ってきた。

大したものじゃないの、大きさの違うペットボトルが多くて、あとはゴム風船とかゴムまりとかゴムホースとか。金属の板なんかもあったかな。大きめの水槽も用意して。おにいさんたちは、ときどき、話もする。でも、声より、持ってきたものを動かしたりするのを、何が起こるんだろう、って、わたしたち、目で追っていた。

大したことするんじゃない。ペットボトルをたたいたりつぶしたり。ねじったり水をいれたり。でも、それがおもしろいの。「お笑い」じゃぜんぜんないのに、ちょっとしたことばとか、口や声でだす音が、ペットボトルの音と一緒になったりずれたりしながら、どっちがどっち、ってかんじで、つい、笑っちゃう。

おはなしのかたりみたいなことをひとりがしてるとね、行とか語のあいだ、間があるでしょ、小さなペットボトルが、ぴき、とか、ぎゅう、とか、ばりばり、とかはいってくる。おかしいんだけど、へんに痛いようだったりもして。

ホースとかはね、まわすとひゅるひゅるひゅるひゅる、宇宙船が飛んでくるような音がするんだ。かなものを叩きながら水のなかにつけこむと、音が変わったりも。

とくに、どう、というわけじゃない、ひとつのはなしがずっとつづくわけでもない。でも、あっというま、ってくらいすぐ終わっちゃった。みんな熱中してたんだよ。


サイェは、それで、珍しくペットボトルで試してみようとおもったんだ。いや、サイェだけじゃなく、そこにいた生徒たち、うちで、それぞれにペットボトルをいじっているんじゃないかな。


ペットボトルが生活のなかにはいってきたのはいつのころからだったか。

記憶にあるのは、はじめてフランスに行ったとき。歩く人でもメトロに乗る人でも、リュックやバッグに、手に、ペットボトルを持っていて、それがただの水というのは発見だった。こちらの感覚では、水は買うものではなかったし、どこでも飲めるものだった。はなしとしては知っていたものの、こうやって持ち歩かれているだけで風景が変わってみえた。

何年かのうち、瓶や缶のあいだにペットボトルがはいってきて、ごくふつうの、見慣れたものになった。台所には箱で常備されている水がある。出歩くときには、ペットボトルを、小さな水筒をバッグにいれている。

☆

サイェが、ペットボトルに下唇をあて、音をだそうとしている。するのはすーすーと息の音ばかり。

そうなんだよな、なんか、ペットボトルだとうまくいかない。いい音がしないんだ。

わたしはシンクの下をのぞいてみる。ここ一、二週間に使用済みになったペットボトルや缶や瓶がしまってある。処分しなくてはとおもっていたものがたまっている。

ワインやジンジャエールの瓶、ビールの缶、を引っ張りだし、口のあたりをかるく布巾で拭く。サイェはまだペットボトルと格闘しているが、こっちはこっちで、何本かの瓶に息を吹きこんでみる。あ、という顔をしてこっちをみるサイェ。わかっているけどわかっていない顔をして、わたしは、うーん、あまりいい音がしないなあ、とひとりごちる。大きなビール瓶があるといいんだけどなあ。ガラス瓶だとしっかりした、つよい音が、っておもってるんだけど、錯覚かな。大きさやかたちのせいかな。材質も関係があるのかな。

飲みものの記憶は、容器とともにある。瓶があり、空き缶があり、そのあとペットボトルが、やっと、くる。紙のパックもあったな。

牛乳瓶やヨーグルトは、瓶についている紙のふたをあけるときに音がした。ぽく、と、ごく小さな音だった。小さな錐《きり》のような栓抜きは、いま、どうなったんだろう。栓抜きをつかわずとも、はしをちょっとつまんで音もなく開けた。うまくいかなくてふたが何枚にも分かれてしまうことがあった。何枚も紙がかさなってるのが、電車のキップみたいだとおもうのもしばしば。いまの牛乳はほとんど紙のパックだから、つぶすときに、足でむりやり、瞬間的に、ぼす、っとやらないと、おもしろくない。缶だと堅くてつぶすのは容易じゃなかった。いまなら空き缶だって手でぺしゃんこにできる。便利だし、もしかすると、ストレス発散ができるのかもしれないが。面は四角、直方体がほとんどで見掛けなくなったけど、三角形の面のテトラパックとかもあったっけ。

ジュースやコーラも瓶だった。栓抜きがないと、開けたくても開けられなかった。栓抜きは、プロレスの凶器にもなった。栓を王冠と呼んだり、王冠の裏にあるコルクをはがすと（これにも牛乳の栓抜きをつかったな）、当たりくじがあったり。ラムネのなかのビー玉が転るのは好きだった。開けるものがないから、めったに飲む機会はなかったけれど。

おもいだしたのは風呂のこと。つながりなんてないのに。

風呂での音はまたべつのたのしみだった。特に、手ぬぐいをしずめるのは。湯気でいっぱいになったなかで、音もまたくぐもっている。

教えてくれたのは父だった、とおもう。目の細かい、木綿《もめん》でできた手ぬぐいを、お湯にぬらさぬまま、空気をつつみこむように、パラシュートみたいに一気にお湯のなかに、片手ずつもったところをまんなかに寄せ、沈めてゆく。手ぬぐいはまあるくなって、お湯のなかから、ぷつぷつと泡があがってくる。このときの手ぬぐいの丸さが好きだった。のぼってくる泡が好きだった。タコ、タコ、と言って笑った。もっと沈めて、手に持った下のところはそのままに、空気がぜんぶでてしまう前に、タコのあたま（胴体）が小さくなってしまう前につかんでつぶす、と、泡がいっぺんに、しゅううう、とあがってきて、手ぬぐいがしぼむ。お湯のなかで、絵柄がくるりと反転したり、乾いているのとは違ったかたちになったりもし。どこか、破壊的な快楽もあったのか。やってみたら、いまもおもしろいだろうか。

みかんやゆずやショウブをつつむふくろも手ぬぐいでつくってあった。風呂にはいると湯に浮かんでいるいい香りのする袋。木でできた湯船のさわりごこちとにおいと湯気とがひとつになっていた。

いまはあまり洗面器ということばをつかわなくて湯桶というほうが多いのだろうか、まわりが広がっていない、円筒形にちかい桶をさかさにお湯に沈めて、ぶく、ぶくぶく、ぶくぶくぶく、となかの空気を小出しにしてゆく。船のおもちゃを浮かべておいて、下からこの空気で揺るがして、ひとり特撮としゃれた。

サイエ、手ぬぐいのタコさん、教えてもらった？　お風呂でおかあさんとやらなかった？　めいは考える様子をしたが、ちょちょっと小さくあたまを振った。ほんと？　忘れちゃったんじゃない？　うーん……。どうもほんとうにやっていないらしい。よく考えたら、紗枝のうちの湯船は浅い。昔の四角くてからだを折り曲げるようなかたちとは違っている。それに手ぬぐいじゃなくてタオルだ。そんなことを妹がおもいだすきっかけもないのだろう。わたしだって、サイエがペットボトルを叩いたりしなければ、連想ははたらかなかっただろうから。

今度、実家で、手ぬぐいをもらってこよう。押し入れにつかっていないのが積み重なっているはずだ。寿のしるしがはいっていたり、お年賀とかお祝いとかおもての紙に記されているのが。紗枝は、何？　と怪訝《けげん》そうな顔をするかもしれないが。

古い謡曲本

サイェにとっては祖母の家で、めいはまめに二階にある仏壇に足を運び、線香をあげる。父と祖父母と三つ位牌《いはい》がならぶ仏壇のとなりには、祖父母が上海から持ち帰った飾り棚がある。祖母が亡くなって仏壇が届いたのだったが、これが飾り棚とおなじ色で、ずっと以前からあったようになじんだ。

ロウソクに火を灯し、線香一本に火をうつす。線香立てにたて鉦を小さくならしてから、短いあいだ、手をあわせ。ロウソク消しをかぶせ一息待つ。はずすとたまった煙があふれだす。確認してから、サイェはさっと立ちあがり、扉までまっすぐに。

特に言ったことなどなかったが、サイェは飾り棚のそばには行かない。関心もないようにみえた。

わたしは、というか、わたしと紗枝は、祖父母の生前から、部屋に行っても飾り棚のそばには寄らなかった。立派だったから気おくれした、ではなく、ただとても硬くて、あたまをぶつけてはいけないから、と二階に上がろうとするたびに再三注意を受けていたからだ。あまり言われると何もしなくてもぶつかってしまうんじゃないかとおもいこんでもいて。部屋の片方は避け、大きなガラス窓があるほうに。洋室だったから、祖母の和室と違って絨毯《じゅうたん》のうえで長居したりすることはなかった。

紫檀《したん》の飾り棚は、子どもでも、ほかの家具とは別ものとわかった。飾り棚と物入れが組みあわされていて、立体的に、といったらいいか、異なった高さに、いくつかものが置ける。飾るものも、背の高い花瓶、ふたつがセットの人形、額にいれた写真、とそれぞれ置き場所がある。手前に開く扉と抽出しは螺鈿《らでん》細工で鳳凰《ほうおう》が描かれて。扉をあけると、鳳凰のちょうど裏に、立体的に掘られた仙人なのか賢人なのか、髭をはやした人物の図柄。扉はとりはずすことができ、螺鈿と彫り物と、裏がえしにできる。

何がはいっているの？

気になっていたのだろう、あるとき、サイェは訊いてきた。

おじいちゃんとおばあちゃん、あ、サイェにはひいおじいちゃん、ひいおばあちゃんね、の、いろいろだよ。いたときからそのままで、整理もしていない。ほとんどはがらくただよね。昔の人は捨てなかったし。古びた、削られない束の赤鉛筆とか、黄ばんじゃった紙とか、文房具が多いかな。抽出しにはいってるのはね。

でも、と言いながら、わたしは観音開きを開いてみせる。ここにはこんなのが、と。

——本？

そ。だけど、読むというより、つかうものだな。謡、ええと、お能のさ、セリフ、というか、うなることばが書いてある。謡本というんだけど。

わたしも紗枝も、祖父母がたまたま外出しているときにこっそり開けてみていた。どきどきわくわくしながら、子どもの手にはうまくひっかからない、手かけに何とか指をいれて開いた。そして、がっかりした。もっと、もすこし、大きくなったら中身がかわるか、おもしろさがわかるかと期待したのだが、いつしか大人になってしまった。

祖父がいなくなってからも抽出しをあけたりはしない。家族でもそのくらいのわきまえはあったというのは口先だけで、はいっているものはわかっていたし、格別興味をひかなかったからわざわざ開ける必要もなかった。

左下の棚には、謡本が何冊もたてにはいっている。和綴《わとじ》本だから積み重ねておくべきだったのだろうが、祖父母も明治の終わりのほうの生まれだったからこういう本に親しんでいたわけではたぶんない。ふつうの本とおなじようにたて、たよりなくへなっとなっている。表紙も硬かったり厚かったりはせず。和紙のやわらかさが、すっかり古びているからどことなくしとっているようでもあったが、指さきに感じられ。ふつうに見台《けんだい》においてつかう大きさのだけでなく、もっと小さい、ポケットサイズのもある。持ち歩いて、気がむいたときにみたりしたんじゃないか。こちらは五つくらいの謡が一冊に。

一緒に住んでいたのに、祖父が謡をやっているのを耳にしたことはない。子どものときに聞いたのはこんなはなし。

やってたのなんて数カ月……あったかどうか。

母が言う。

上海ですこし余裕があったから、知りあいと一緒に先生について。うちに来てもらって習うの。出稽古よね。

おじいちゃん、センスなかったじゃない、だから、お、おお、おおぉぉぉ、とか、よ、よ、エヘン、よ、エヘン、よぉぉぉ、とかうなってるばかりでなかなか先にいけないの。おばちゃんもわたしも、耳にはいってくるだけで肩に力はいっちゃって、あとですっかり疲れたりしちゃって、さ。しまいにはおばちゃん、先生が来るとどこか逃げだしちゃった。わたしはけらけら笑ってた。おもしろかったの、その、おお、おおおお、っていうのがね。

何度も聞いた祖父のまねだが、母がそのたびにおかしそうに笑うのが、これまた、わたし、わたしたちには楽しかった。まねしながらからだのなかで陽気だった祖父が笑わせてくれるかのようでもあって。

あれだけ謡本買ったのにものにならなかったのよね、二つか三つくらいじゃないかな、やったのは。おばあちゃんとちがって、もともと歌舞音曲を好んでたわけでもなかったし、あんなものは、ってどこかでおもってた。明治生まれの人だし、お能に親しんでもいなかった。小さい頃から働きにでていたし。

——お能、舞台をみたことないから、よく、わからない。いつか、みにいくことあるかな。

サイェがひとりごとのように言っているのに、こんなふうにかえしてみる。謡はね、お能の舞台とはべつに、家庭でたしなまれていたんだよ。一度も舞台に行ったことがなくても、有名な筋とかは知ってたり、うなれたりできたりもした、そんなことが前にはあったんだけどね。結婚式の披露宴で、ひとりは謡を、というのがあったし。

たかさごや〜、とかね。

わたしは、ほんの一瞬、また（そう、また、だ）ちょっとだけ謡を習ってみようかな、とおもい、おもいだしたのとおなじくらいのいい加減さで、打ち消す。いつものことだ。謡をやるより、舞台に行く、かな、やっぱり。ここに祖父母の頃とわたしのあいだに開いているものがあるの、かも。

『夜の木』

――おじさんにみせてらっしゃい、って。

サイェがねこの絵柄のトートバッグから手渡してくれたのは、大判の全体が黒い絵本だった。表紙は濃いオレンジ、いやオレンジよりもっと赤にちかい色の木が地面から枝を伸ばしている。燃えている。火のようだ。枝のはえている幹のあたりはすこし色が薄くなり、黄色にちかい。遠くからみると心臓部。太陽のようでもある。

あたりには一羽の鳥がさかさに描かれている。どこからか、ちょうどやってきたところか。鳥の頸《くび》からからだ、足への線は木の一部のよう。あしゆび――「趾」の字を書くらしい――の先が分かれ、これまた、胴とおなじように枝と化している。地面に根を張るあたりは、ねずみのような生きものが、左は幹から根のほうに、右は木の裏から、それぞれ、走り去ろうとしている。タイトルは白く、夜の木、とある。

ビニールだけど型くずれしない袋から、ぺりぺりと糊をはがして本をとりだすと、独特なにおいが宙を舞う。

あ、このかおり……

――精霊が住む木なんだよ。センバルの木。

表紙は厚い紙でできていて、そのままの重さで閉じるときには、ちょっと、空気の抵抗がある。そばにあったティッシュペーパーは、ふわりとすこし持ち上がって場所を移動した。本のあいだで憩《いこ》っていた空気はおしだされ、鼻腔《びこう》に、あらたな紙のにおいを運んでくる。においは、一枚一枚、ページをめくるごと、たってくる。

――においだけじゃないんだよ。

サイエが言う。ちょっと眼をつぶって。

なんだよ、絵本じゃないか、眼、つぶったら絵がみえない……

――いいから。

手、ちょうだい。
ちがう、ぐーじゃなくて、ひらいて、んー、ちがうな……一回閉じて、ひとさしゆびとなかゆびと、だして……

言うとおりにするのはたのしい。サイェのようにあまりこっちに要求をしてこない子の言うとおりにするのは、まして。指図がうまくなく、本人がときどき困惑してしまったり。そんなとき眉間にはちょっとだけシワがよっている。ほらほらそんな顔するとのこっちゃうぞ、と言いたくなるが、黙っている。

指先は、めいに導かれて、本の表面をなでてゆく。表紙をすりすり、ページをめくってべつのページをすりすり。サイェはこちらの指二本を、たぶんじぶんのひとさしゆびとなかゆび、そうしておやゆびの三本の指ではさんで、紙のなかにながれている紋様《もんよう》をたどらせる。指先と紙のわずかな、あるかないかのすきまに揺れる繊維に指紋がふれる。はっきりと区別がつくわけじゃないけれど、このあたりから地と絵が、地に描かれている絵や文字が、という気がしてくる。錯覚かもしれないけれど。

この本はね、と説明してくれる。かあさんの知りあいが出してるんだって。手で「すいた」、ことばになじみがないんだろう、すこしだけ語尾があがる。紙に一枚一枚、版画みたく刷ってくの。インドで職人さんたちがね。「せいほん」もするんだって。それが船で届く。わた、でしょ、あさ、でしょ、うすぬの、でしょ、そんなのを「すいて」るんだ。どのページも黒くって、そのうえにべつの色たちがのってる。

あ、サイェ、アンチョコみてるだろ、とわたしはまぶたをひらく。案の定、めいのそばには絵本とはべつの、もっと小さく、写真と文字がならんだ一枚ペラがある。

ページをめくっていくと、表紙とおなじ絵がある。でも色が違う。まるで違っている。木の心臓は緑だし、あしゆびはそれだけ濃くなっているし、動物の目も光っている。

客人たちが帰る

誰でもセンバルの木には精霊がすんでいるとしっている。夜の訪れとともに昼間の客人たち、みつばちや小鳥、そして二匹のカメレオンたちが引きあげていく。

あれはカメレオンだったんだ……哺乳類の何かかとおもってたんだけど、大違い。でも、それはサイェには言わないで。

「インド中央部」のゴンドの人たちが伝えてきたはなし——神話？　伝説？　が木とともに、木になってあらわれている。動物たちも、ごく身近なものなんだな。

いろいろな木がある。一ページごと、違った木、違ったものがたり。絵を描いているのも、ひとりじゃなく、三人で手分けして。似ていながら、筆致が、イメージのつくり方が、違っている。

よくみるとおなじ黒で塗りつぶされたページでも、ところによってインクののりがちがう。

インクの、でも、それだけじゃない、もっと複雑な……

このかおりが、アジア雑貨の店や、かつてすこし凝っていたタバコや、演奏家の友だちが気分を落ち着かせるのに楽屋で焚いていたお香や、をおもいださせる。白檀《びゃくだん》、ジャスミン、クローヴ、シナモン、ムスク、ロータス……名称とかおりがきちんと結びついていないが、ぼんやりと浮かんでくることばがある。タバコは、ガラム、といったっけ。火を点けるとぱちぱちはぜる。はじめてのとき線香花火みたいだとおもった。知らない人は、いけないものが入ってるんじゃないかと訝しんだりしたけれど、甘いかおりが好きだった。

五感で、ってあるんだよ。

サイエが言う。

そうだね、とあいづちを。つぎの瞬間、もしかして、と焦る。案の定、めいは今度こそほんとうに、つまりはこちらの眼の前で、軽くではあったけども眉をよせ、言うのだ。

絵本だから眼。かたちや紙はさわれるよね。かおりだってある。字、読めば耳にはいるでしょ。でもさ、口は、口はどうなんだろ。

さて困った。たしかに「五」感というけれど、どれもすべてというのは意外にないんじゃなかろうか。三つや四つでも五感と言ってしまっているのでは。

サイエ、いま、読めば耳にはいる、って言ったじゃないか。読むのは口だし、舌だし、くちびるだろ。味じゃないけど、口のあたり、というところで、どうかな。むしろね、眼と口だって、においのはいってくる鼻だって、指先だって、どれもサイエのなかでつながってるんだし。ここにある木みたいに。

＊　引用は『夜の木』（シャーム／バーイー／ウルヴェーティ　青木恵都訳）、タムラ堂、二〇一六年第五刷から。

クリスマス・ツリー

——クリスマス・ツリーがくるんだよ。

十一月もそろそろ終わりの日、サイェは、ふと、とくに目をあげるでもなく、言ったのだった。そうか、そういうこともあるか。気にするでもなく、聞きながしていた。わたしは、モミの木を買ってもらったときのことをおもいだしていた。小学校にあがる前だったか。クリスマスが終わり、年があけたら、玄関先においていた大きめな鉢植えから、木を父が庭に植えてくれた。日陰だったからあまり大きくならなかったが、二十年は元気に育った。庭木のなかで、わたしのもの、といえる唯一の木だった。あらためて植え替えをしたあとで枯れてしまったけれど。

マンション住まいのサイェは、あまり木に親しんでいない。紗枝は気にしているようだったから、娘のために、ことしは買ってやるのだろう。そうおもっていた。

サイェはね、ツリーを、と言ったら、複雑な顔をしたの。はなしの途中だったけど、花屋さんのまえにつみあがっているもみの木は、いやなんだ、って。もみの木だけじゃなく、お正月の松も。せっかく大きくなりかけているのを切って、と、おもってたらしい。

そうじゃないんだよ、って、さいごまで聞いて、って。もみの木はね、レンタルするの。十二月になったら届けてもらって、部屋においておく。クリスマスが終わったら、お店に返す。また山に植えるんだ。切っちゃうんじゃない。そんなやり方があるんだよ。ちょっとだけ、来てもらう。お客さんになってもらう。

――山にかえっていった木が、一年経つうちに大きくなる。おなじのを、また新しいクリスマスのときに借りられたらいいのに。そのつぎも、またつぎも、その木がやってくる。毎年、おなじのが、部屋にきたりすれば。

そのうち部屋にはいらなくなっちゃうかも。

――そっか。

三年くらいでまわしていけばいいかもしれないよ。

——かな。

きいたところ、もみの木、一メートルに足りないほど、とか。幹のさきには星をつけ、あとは赤と金のボール、どちらも表面が光沢のあるつるつるとしたもの、つや消しになっているものと半々、それぞれ一ダースをほそい針金でさげる。飾りはそれだけ。

クリスマス・イヴ、わたしは母ひとりの実家へと。

買いものをして、午後に着く。ワインを飲みながら、夕食をとる。毎週寄っているけれど、このときはちょっとだけ贅沢する。贅沢といっても、ふだん節制しているものも遠慮しない程度ではあるのだが。そして、一晩泊まる。数日後には、年末の片づけや掃除、大晦日から正月へとあらためて泊まりにくる。

クリスマスではあっても、キリストの誕生は祝わない。おもいだしはする。祈ることもない。ずいぶん前に滞在していたヨーロッパで、家族が集まって過ごす年末の日々、街は静かになって、店もあまりあいていない、友だちと集まって騒いだり、デートの口実にしたり、でない過ごし方を意識しながら。

食事を終え、片づけもして、わたしは手持ち無沙汰に、食事のときに飲みきれなかったワインをテーブルにおいて、本のページをめくっている。自室でテレヴィをみていた母も、休んでしまったか、音もない。妹がいて、父がいたこの家は、いま、静かだ。自分の部屋はのこっているし、ときにつかっていても、ちょっとよそよそしい。

深夜になるかならないか、携帯電話がなった。サイェからだ。

――おじさん、じょわいゆのえる……

教えたフランス語のクリスマスの挨拶を舌たらずに発音する。用事はないらしい。

おめでと。

ふたりはしばらく黙る。加湿器の音だけがしている。

おばあちゃん、寝ちゃったよ。話さなくて、よかった?

――あしたかけるし。

黙っている静かな時間が、ふたつの場所のあいだに、ながれてゆく。くるまだったら数十分の距離、道があり家々があり店がある。電波は空をつっきって、大気圏外の衛星を介して、互いのところに届いているのだろう。

——ツリーにね、ときどき、ちょっと、ひっかかる。

え、また、なにか、気にすることが。ちょっと胸がざわつく。

すぐのときには、なれないから、歩いていても、つい、枝にひっかかっちゃって。ボールがおちて、ころがったりしてた。でも、ツリーがそこにあるのをからだがおぼえて、いまはしぜんに、避ける。すっと、ね。そんなでも、ほら、夜、こんな夜、あかりを消して、一回ベッドにはいるでしょ。眠れなかったり、眠れてもすぐ目が覚めてしまったりとかして、じゃあ、水を一杯、とかおもって部屋からでようとすると、からだが起きてないのかな、ツリーにかるくふれるんだ。

すると、ちりちり、って。

は、っと、気がつくの、わたし。

もみの木があったんだ、って。

暗いなか、目はすこし慣れてきて、腰をおろし、指を枝にふれてみる。

ひとつ、枝をゆらすと、さがってるボールが、ほそい、葉にこすれる。

葉、なんだよね、あれ？　とげみたいになってるの。

こすれると、それだけじゃなく、枝についてる葉がべつのをゆらして、ほかのボールも、音をたてる。ちょっとずつかもしれないけど、ところどころで、しゅしゅ、って、かさかさ、って、さりさり、って、ひびくとこが変わってく。すぐ、また、やんじゃうし、ときどき、ちく、っとしたりしながら。

しばらく、ふれたり、ゆらしたり、して。

つるつるしてるのと、ちょっとくすんでるのと、音、ちがうんだよ。あんな、ちょっとした針みたいなのがふれても、ね。

そんなことしてたら……いつのまにか時間がたってて、すこし寒くなって……いま……。


かぜ、ひくなよ。

——だいじょうぶ。床暖房、はいってる。


また、何も言わない時間がすぎる。すぎてゆく。

ふと、サイェはいう。

――また、ねます。

わかった、おやすみ。

クリスマス・ツリーなんて、そば、を通りかかっても、じっくり見たことやさわったことはながいこと、ない。ホテルのロビーで待ちあわせをしたこのまえも、ツリーの写真を撮っている子を目の前でみながら、何も感じては、考えてはいなかった。

朝になったら、母に尋ねてみよう。ぼくのもみの木は、いつまであったんだっけ？　ぼくはどんなふうにもみの木をみていた？　妹は、紗枝はどうだったの？　とも。

年の暮れ

年の暮れ、お墓参りに行くのが習慣になっている。管理費をお寺に納め、良いお年をとお坊さんに挨拶する。サイェとつれだって行ったことはこれまでなかったが、天気もいいし、いっしょに行ってみることに。

境内《けいだい》はすいている。

翌々日は大晦日。除夜の鐘のひびきはじめるころから三が日、参道に人びとは列をなし、警備員が整理する。いまは何組かのお参りの人たちと、ふらりと立ち寄った人だけだ。売店は閑散として、痩せて老いた犬が、火鉢のわきで眠りこんでいる。

ひととおりの挨拶をすませると、桶と柄杓《ひしゃく》をもって、お墓にむかう。途中で水を汲むのも忘れずに。

サイェはかいがいしく花束の長さを揃える。線香をばらしにとりかかる。紙はぴったりと束になった線香についていてとりにくい。火が焦がして黒くなったあたりから、ぴりぴりとななめにひいてゆく。力を加減しないと、折れてしまうから要注意。こちらは線香ののこりを片づけ、墓石に水をかけ、とおりいっぺんのすすぎをしてから、花束をそなえる。

サイエ、お墓、いやじゃない？

サイエは顔もあげずにあたまをふる。

気味悪かったりしない？　ほら、あの木の板が、音、たてたりするの。

サイエは、顔をあげ、ゆっくり、左をむく。正面、右へと顔のむきを変える。しばらくしてから、あらためて、ななめ上をみあげつつ、左、正面、右とむける。

ほら、風のむきがわかるよ。

そう？

卒塔婆《そとば》が、何枚か、ばらんばらんと音たてながら、左から右、って。

——そんなに風は強くない。卒塔婆もずっと揺れたりするわけじゃない。ふ、っと風、つよくなって、そのときに、音がする。瞬間、じゃなく、ふう、っとすこしつづいていると、左から右、むこうからこっちと、立っているここ、こちらをなかにして、音は、うごいてくでしょ。風にそって。このかわいたかんじ、好きかな。

ささらみたいだよね。

――ささら？

不思議そうな顔。あまり知る機会はないか……どう説明したらいいか……

ええと、木の板をならべたような楽器、かな。音具、なんて言ってる。両手ではしを持って、動かす。板は百八枚あって、はしからはしまで、力が、揺れが、伝わってゆく。ちょっとずつずれていって。

卒塔婆が風で音をたてる。よく晴れた冬の青空を背景にひびくかわいたばらばらという音は、きちんと区画整理された墓地にかわきやかれといったことばをおもいおこさせる。「か」の、「K」の音は、乾燥した空気と、わたる風の感触だ。冬、幽霊はもう、墓のあるところでも、会いにくくなってしまったのかもしれない。

また年があけたら、って。

まだ花も枯れずにこのままだよ、きっと。お詣《まい》りしたり、おみくじひいたり、まわりももっとにぎやかだな。

庭で光るもの

冬、庭の色はわびしくなる。
緑がうすくなり、黄色から茶色が多くなる。
みずみずしさがなくなり、かわいている。
雨もときどき。
葉だけが色を変え、おちないものも。
——赤い実がついてる。
サイェが小さく声をあげる。
——こっちにもある。ちょっとちがう……。大きさが。

葉っぱもちがうね。

いつもの年と何が違うのだろう。変わったことなどない、ないように感じられる。サイェが家のなかにいるのに飽きて外にでる。つきあって、かがみこんで葉や枝のあいだをのぞいてみる。

センリョウ、マンリョウ、ってね。

——どうちがうの?

実のつきかたがちがうんだよ。こっちは葉っぱのうえに実がついてる。葉っぱのあいだからぴょんととびだして、胸張ってるかんじだね。

——センリョウ。

こっち、葉のしたに隠れるみたいについてる。これがマンリョウ。

——センとマン……

数字のね。センリョウはうえむき、マンリョウはさがってる。

――なんでこんな呼びかたなのかな。

いわれはいろいろあるみたい。軽いのと重いのと、とか、鳥に食べられやすいとか。食べられるのが、この季節減ってるのに、赤い実だからね、すぐ目についちゃうんじゃないかな。葉のかげに隠れるくらいがせいぜい。うちの庭にはないけど、百両や十両、一両もあるらしいよ。区別できないけれど。

正月の。

人通りもほとんどなく、灰色の空をみあげても、ふだんの音はしない。以前はムクロジの実に羽をつけて羽子板あそびの高くかわいた音もしたものだったが。

ときにヒヨドリが柿の枝から枝へとわたるときの羽音をたて、まれに、すこし声をだす。すこしするとロウバイの花が咲く。このごろあまり元気がない。

サイェは寒そうにしているが、外気にふれているのは気持ちがいいみたいだ。赤い実と葉っぱのあたりを指でさわったり、枝をすこししなわせてみたりしている。

そうだ、今年はどうだろう。あるだろうか。

玄関のそば、モミジの木の根元あたりに、すっとのびた葉がみっしりはえている。すこし葉をわけてみると――あった。みつかると、うれしい。

なにかいいことがあるような、あったような。

ひとつしか、ことしはないけれど、ひとつでもよかった、いや、ひとつがよかった。すぐ、サイェに声をかける。

来て。

やってきたサイェは、なにも言わぬまま、手もとをみている。

るりいろ、っていうのかな。ラピスラズリのような、って。

リュウノヒゲともジャノヒゲとも。

この季節に実がつくのも忘れてたりするんだけどね。きょうはサイェが庭にでたから、おもいだした。


――宝石。


ひと言だけ、ぽつりと。

そうだね、こちらは声をださずに。

はなのな

門扉を開けて敷地にはいると、ジンチョウゲのかおりだ。ほんの背丈ほどの扉なのに、外には洩れてこないのは不思議だといつもおもう。花が咲いていることも、この小木があることも、このときまで忘れているのに、かおりにふれた途端、あの季節、と、春になりかけている、と、からだが、またあわせて、外に洩れないことの、いや、洩れているのかもしれないけれどたまたまそういうときには居あわせていないだけかもとのおもいも、毎年かならず、いっぺんに、一歩めに、感じ、想いおこす。

——わたし、いくつ？

サイェが尋ねる。いきなり。
学年はわかるけど……いくつ、かはすぐでてこないな……。
いつもそばにいるのに、いや、だからかえって、忘れている、気がつかないことがある。

いくつ、って気にしてないし。

おじさんも、おかあさんも、おばあちゃんもね、わたしはちゃんとおぼえてない。訊いてもすぐ忘れちゃう。暦のめぐりじゃはかれないいんだとおもう。


真冬の寒さがやわらいでいる。池の薄氷《うすらひ》も、霜柱《しもばしら》も、一月《ひとつき》以上ない。はっきりとはわからないけれど、そう遠くない季節を先どりしている木々を眺めに、庭にでる。こちらはまだ厚着をしているものの、コートは玄関においてきた。


庭のすみ、地面にすれすれのとこでぷっくり咲いてる黄色い小さい花を、おじさんに訊いたの。

これ、なに、って。

まえにもみたことはあった。ずっと知ってた。あのあたりに毎年咲いてる、って。

でも名前は知らなかった。気にしてなかった。

たまたま名前が、ね、知りたくなって、訊いた。

そしたら、フキノトウ、って。

あわせて、そばで咲いている花をひとつずつ、これは、知ってる？　これはどう？　って。

そのときこたえられたのはウメだけで。

ボケもセンリョウも花や実にはなじんでたのに。

あのとき、花の名をおぼえよう、っておもった。
それから六年だよ。
小学生は中学生になるくらい。
大人は……どうなんだろ……。
これはね、おぼえてるんだ。
一年、一年、と加わっていく。暦がめくられていく。
フキノトウをおぼえてすぐ、大きな地震があって。

名前をいつ知ったか、なんて、おぼえていない。どんなとき、誰から聞いたのか、どこでだったか、おぼえているものだってある。あるけれど、いつしかほかのものと一緒になって、違いなどなくなってしまうほうが多い。いろんな名前が人をつくっている。好ましいだけじゃなく、汚れてしまったりおぞましかったりすることばでも、人はできている。サイエだってそう、そう言っている、おもっているこのからだもそう。
空気のなかに、水のなかにまじっているものがあり、おなじように空気と呼び水と呼ぶ。しばらくはほとんど放置してあったのを、いつしか、でも、ここで木々たちははなれずに、はなれられずにいるんだから、と、あらためて丹念に手入れをするようになっていた。もういなくなって何十年、何年もたつ祖父が父が手入れをしていた庭である。いつか自分がやるようになると、そのころはおもっていたかどうか。

ジンチョウゲとフジが、いちばん好きだな。

キンモクセイやウメだってあるけど。

この庭では、さ。

花だ、っていうのが見るより前にかおりで感じられるし、そこにある、っておもいだせる。

かおり、どこにいっちゃうんだろうね。

ずっと、あるのかな、うすくなって、こっちが気づけなくなるだけかな。散歩する犬や、
おむかいの猫さんは、わたしたちよりずっとながく感じられるのかな。

ゆきかきに

一晩降りつづいた雪に庭は覆われていた。

雪がかぶってしまうと、花壇なのか道なのか、コンクリートなのか敷石なのか土なのか、馴染んでいるはずなのに、境があいまいになっている。腰をすこしおとして眺めると、白いなだらかな稜線をこんもりと描いて、北国の景色のよう。むこうの山々は、隠れてしまった盆栽か。こっちは庭石か。下にいつもの庭がある。

何本かある柿の木をせめてもの目印に、このあたりは花壇、このあたりは土、と見当をつけ、物置から持ちだした鉄製のシャベルをいれる。すこしもりあがっているところには気をつける。雪の重みでかしいでしまった枝が隠れているかもしれないから、傷つけないように。打撃をうけていたのは隣家との壁にそっていたバラ、か。すっかり大きくなって、支えがないと倒れてしまう。それでいてこの雪では。はじめ、はらっているうちはいいけれど、棘《とげ》に気をつけないと。昔、父の手伝いをしたときに何度も引っかき傷をつくった。

サイェに、雪かきしに行くけど、と連絡すると、いつものように、受話器からは短く、ん、と返事がかえってきた。濡れてもいいような、しっかり厚着して、手袋や帽子もね、と注意して、最寄り駅のホームで待合せする。

前の日、雪の降っている深夜、ときどき、近いからという理由だけで足をむける、ほんの一本道を隔てただけの店では、こんな雪ではとすっかり客がひいていた。外にでると、外灯が雪に反射して、そこはもう見知らぬ北の町。車道にくるまはなく安全なかわり、数メートルの道幅であっても滑らないよう注意しなくては。早起きをして実家にむかおうと、マンションの前から、坂をみあげる。おもいだしていたのは、北海道でのことを書いたある一節——

風がなくて雪の降る夜は、深閑として、物音もない。外は、どこもみな水鳥のうぶ毛のような新雪に、おおいつくされている。比重でいえば、百分の一くらい、空気ばかりといってもいいくらいの軽い雪である。どんな物音も、こうした雪のしとねに一度ふれると、すっぽりと吸われてしまう。耳をすませば、わずかに聞こえるものは、大空にさらさらとふれ合う雪の音くらいである。(「貝鍋の歌」)

実家は都心からすこしはずれているから、一、二度気温が低い。駅から歩いて行くと、途中まではくるまの往来が多いので、雪もすぐなくなるが、一本、二本と交差する道を過ぎるごと、シャーベット状から、いくつかのタイヤや足あとのすじがのこるだけになるのを常とする。雪のあとは、なるべく早く駆けつけて、門扉の前後や家の扉までのあたりを歩けるようにしないと。

レスキューがやってきました、とひとりごちながら、シャベルと竹箒で雪をかく。

掘りおこした細い幹から枝には、赤い実がついている。千両？　万両？　何度教えてもらってもなかなか区別がつかなかったけれど、実が上をむいているから、きっとこれは千両。下にさがってしまうほうが重たいから万両、っておぼえておこうとおもったのは、いつだったか。

このあたりは、福寿草。地面すれすれまで、気をつけながら、雪をはらってやると、短い黄色と緑があらわれる。

ところどころで、曲がった枝が、腰痛持ちのようにゆっくりと姿をもとにもどす。そのさまをみたサイエは、ちょっと待って、と、雪をはらう前に一枚、はらってあらわれた木の姿を一枚、わたしのスマートフォンを、貸して、と言って、写真を撮るのである。小さい頃、たったひとつ、ていねいにつくりあげた雪うさぎがとけてしまいいつまでもいつまでも泣きつづけていた子は、いま、雪のなかからあらわれた枝や葉を丁寧にはらうのが忙しい。

――雪、降ったりすると、冷えて、ぎゅっとちぢこまるみたいになって、地面も揺れちゃったりしない、かな。雪が音をすいこんで、あたりをしんとさせてしまうみたいに、さ。

手袋をしたまま、自分の言ったことを確かめるように、左手をぎゅっとにぎってみる。雪で冷えた地球がちょっとだけちぢまるイメージ。地表のごくごく一部で雪が降ったからといって変わることなんてないのはわかっているのだけれど。

サイェは何をおもっていたのだろう。

わからないな……どうなんだろうな……うん……

返事でも、独り言でもあるようでないよう、とりつくろうような物言い。サイェの耳に届いたかどうかわからない。作業をつづけ、息は切らせながら、言ってみた。

あのね……雪が降るとおもいだしたり……棚からとりだして読みかえしたりする本があるんだよ……中谷宇吉郎って……人の、『雪』って本があってさ……まず、雪の災害のはなしをする……スキーのことも忘れずに……それから雪の結晶や、北海道での雪の研究、で……人工雪……え、と……ふぅ……最後のところで、空のとっても高いところから地表までのあいだに……雪はそれぞれさまざまに成長して、複雑なかたちになる……って言う。よく知られたことばがあるんだ……「雪の結晶は、天から送られた手紙であるということが出来る。そしてその中の文句は結晶の形及び模様という暗号で書かれているのである」って。

サイェは、屈《かが》んでいた背を伸ばし、しばらく黙ったまま、考えているようだった。

——手紙、たくさんありすぎて、読みきれないよね。これだけ積もっていても、ひとつひとつ、べつべつに、やってきたんだ。

読みきれ、ないけど、どれか、たまに、すこし目を近づけてあげられるといいか。

——ふだん、忘れているような気がするんだ。手紙、誰かが届けてくれるし、いつのまにか、そこに、手元に、ある。届いてる。どこからか、やってくるんでしょ？　ある広がりのなか、を。

まっすぐかもしれないし、ジグザグかもしれないけど、距離、越えて、ね。

——雪、はさ、上から、だよね。上から降ってくる。夕べ、ずっと上をみてた。降ってくる雪が、わたしのまわり、だけじゃなくて、それぞれに、降りてくる。わたしのとこで散ってく。その広がり、ここから見上げた、空から天への広がり、距離？　がこっちにもある、って。おじさんがいま、距離を越えて、って言ってた、そのヨコの、じゃなくて、タテの、奥、っていうようなのが、こっちにもあるんだな、って。

わたしはまた、声をださずに、相づちをうつ。

――そんなところから手紙が届くんだ、って。それに、手紙、だけど、文字をあびている、文字が散ってくる、ってかんじしてた。

――手紙……文字……だと、でも、返事ができないね。

そう、なのかな……。水って、まわってるんでしょ。

――「循環」。

よく知ってる！　かあさんに教わった？

サイェはこくっとたてに顔をふる。

――地面にしみこんで、蒸発して。そのままに返事はしてないかもしれないけど、水を丁寧にあつかえば、それが返事になっているんじゃないか、って。

——よごしたりしない。かえっていって、また、訪れてくる。水をそんなふうにみる、と、大切にできるかな。

——それが、地上からの返事、かも。

手を休め、背をのばすと、シャベルが雪のなかにはいっていく、かたまりが持ちあげられるときにはなれてゆく音、べつのところに落ちたりする音、が、あたりから、聞こえてくる。ついさっきまで、自分たちが作業をして、たっていた音があった。耳にはいっていた。いまは、ほかの、よそからの音だ。知らず知らずにそれぞれが、ところどころで、音をたてる。そんなのも、雪の、水のめぐりとおなじかもしれない。

——春、ちかい？

どうして？

——積み重なった雪の音。アスファルトにあたるシャベルの音が。

そうかな……

――わかんないけど……

ごつごつした幹からのびた枝には、いくつか梅がつぼみをつけている。高いところには雪がまだのこっている。

＊ 引用は中谷宇吉郎『雪』から。

南の旅の

——笛がね、きこえたんだ。

呼び鈴がなって、ドアをあけると、頬のあたりがすこし日焼けしたサイェは、何も言わずにわたしをみつめていた。それから大きな目をゆっくりと閉じ、またゆっくりと開くと、挨拶がわりのように、言うのだった。


すこしまとまった休みがとれそう。

紗枝が連絡してきたのは、まだ冬物のコートがかかせない、春の予兆がわりに難儀するアレルギーの症状もおもいださない頃、だった。

そう、とうつろに返事するのを聞いていたのかいないのか、サイェもつれていくから、と、久々の旅行よね、と妹は電話口でつけ加えた。

日々の雑事に追われ、気がついたらサイェがうちに寄らない日が三日、四日、九日、十日とつづいていた。学校は春休みになっていた。


ちょっと寝そびれてしまって。

寝遅れた、っていうの、あるかな。

一度はベッドにはいったんだけど、かあさんはすぐ寝息をたてて。わたし、だから、また、ソファにもどって、た。大きなソファでひざ、かかえて。

寝息、こっちもあわせようとするんだけど、ちょっとずつずれてく。耳についちゃうと、どっちにもあわせられなくて、目がさえてしまう。いつも、ね。

でも、あのときは、停電があった。そのせいかもしれない。


もう、寝ようか、ってころ。

部屋が、しん、とした。

部屋も、それから、窓は閉めてあったんだけど、ガラスをとおしても、あらためてあけてみると、外もまっくらで。

すこしすると、さわさわ、こしこし、しゅくしゅく、って小声が、ね。

ところどころ、むこう、あっち、それからこっち、って。

窓のところに立って、小声のうつりをね、みてた、ううん、聞いていた。

こんこん、ってかるくノックがあって、ホテルのひとがロウソクを持ってきたよ。いいにおいがするんだ。キンモクセイ、みたいな。ほら、おばあちゃんちの庭で、秋、よくにおってた。

それにね、ロウの色が、炎でちょっとうかびあがって。

ミツバチの巣や大豆でできてるんだってね、ロウソク。

そうだ、サイェは、ヨーロッパからほんの数日、チュニスにまわってきたのだ。

チュニスのある国、チュニジア。

美の、豊穣の女神タニト、トゥネス、そしてチュニスへ。

ただ、こんなのはあとづけの知識。

北アフリカに行ったことはないから、ぼんやりと浮かぶのは、絵はがきのように額縁のある、ありきたりなイメージばかり。

真っ青な地中海。白っぽく、角張った建物。高いところに葉を茂らせているナツメヤシの木々。

ちょっと前、政変がおきていた。あのせいで、予定していた旅行をキャンセルしたっけ。およそ政変と似つかわしくない、と偏見のようにおもっていた……きれいな……ひびき。女性の名にもなっている……。

ロウソクがつけっぱなしになっていた。
椅子にもどって、揺らめいているのをみていたら、聞こえてきた。

はじめは、かすかに聞こえるだけ、だった。
大きくなるわけじゃない。
聞こえたり、聞こえなかったり、遠かったり、近かったり。
部分、だったり、一瞬、ひとつの音だけ、だったり、二つや三つ、だったり。
風の、むき?
そんなとき、おもったよ。
音も、生きものだな、って。
おもったらね、はっきりと、してきた。
ちかい、の。
とっても、ちかい。

ただ、居心地がわるい。
ちょっと、だけ、ちょっとだけ。
とらえにくい、の。
知ってる音楽、じゃなくて、

音楽なんだってわかるけど、うまく、はいってこない。
空港に着いてから、ときどき耳にするような、調子、ではあったけど。
調子っぱずれみたいな。
リズムなんか、ないし、
耳を、肌を、かすってる、って。

うねうねと音の線がつづいてく。

そんな、おなじようなのに、だんだん、だんだん、と、慣れてくる。

音の線、が、メロディ、に聞こえてくる。

音楽に、わたしには音楽に、なってくる、なってきた。いつのまにか、なってた。わたし、のなか、なって、た。

なんか、なんか、ね、
みているロウソクが、揺れてるでしょう。
その揺れ、が、笛とあってるようなの。
炎が音を聞いている、音といっしょに、うごいている、みたいな。
でも、そうじゃない、そうじゃなくて、
息してたの、わたし……わたしの息、いつのまにか、笛にあっていた、あっていた、みたい。

もう、すぐ耳元、っておもってた。
笛が、すぐ、耳元。
みえないけれど、かたちもわからないのに、笛にそえている指、
指が、孔をおさえて、はなれて、って
息、吹きこんで、
みえないけれど、ひとの顔、
顔の、下のほう、みえるようで。
くちびるがほそくあいて、息が、ほそく、でもつよく、もれて、
タテに、管に、タテに、はいって、
なか、なかを、管、を、管のなか、とおってゆく、ながれてゆく。
つたってく。

芯が、ぐっと近くにみえてきたの。
炎のなか、一カ所、ときにしばらく二カ所、ぽ、っと、べつにあかるくなっているところ
がある。炎のなかに、べつの炎がある。ちいさく輝いてる。
灯しているメッシュの、こよりになっている一本一本までみえるような。

笛はね、吹けないし、持ってないけど、
いつのまにか、ひとりで、やってみた、やっていた、
ちょっと遅れるけど、
メロディが、ほんの一瞬切れる、
その途切れを、追ってみる。
息をつく。
その一瞬の切れ、を、あいだ、を感じてる。
つぎは、どこ、
どこ、に
なににゆくかが、
終わるのか、終わるか、終わらないか、が、わかる、わかってる。

わかってるのは、ね、
たぬきばやし、
あれ、聞こえてるだけじゃ、ないな。
こっちがあわせてる、息あわせて、はいっていくから、って。
さそわれる、さらわれる、まよう、とまどう、まどう、まど……

ロウソクが聞いていた？
ううん、
わたしが聞いてた。
わたしの息が、ロウソクを揺らしてる。
たぬきばやしに、なっちゃうかな、
どっか、いっちゃうかな、
いけちゃうのかな。

気づいたら、ロウソクが終わるとこだった。
あっけないんだよね、芯の黒さがめだって、さ、
光が一カ所だけのこって、のこってる、
とおもうと、煙がゆるゆるのぼって、もう、なくなって。
笛も、遠くなってた。

おじさん、まえに、言ってたよね、
ロウソクと砂時計。
時をはかるにしても、おなじようにはかるにしても、違うんだよ、って。

行き来する砂時計、なくなるロウソクは、って。

受け売りだけど、って笑った。

そんなこともあったろうか。きっと、二年ほど前、おなじ頃だった。北のほうで、ロウソクをつかって過ごしている人たちがたくさんいたとき、か。大して前じゃないのに、もう、忘れかけている。

サイエが、あ、忘れてた、と紙袋をさしだしてくる。

ジャスミンの、お茶。

おかあさんが。

そうか、そうだった、サイエが、紗枝が行ってきたところを代表するのは、この花、だった。やっと、やっと、おもいだしていた。ジャスミン……ジャスマン……ヤス＝ミーン……。

チュニス、チュニジアの、はな、名。

さくらめぐって

いつまでも寒さがのこって衣替《ころも》えをしきれずにいたから、さくらの季節だという気もあまりしなかった。時間ができたからとサイェと散歩にでると、つぼみを見た記憶もないまま、かなり花が咲いていた。六分、七分、というところか。

――春になりきっていないかんじなのに、ちゃんと咲いているね。

何年かは入学式より早く、卒業式くらいに咲いて、どことなく、落ち着かなかったけれど。

――太い幹にふたつとかみっつとか咲いてるのが、いいな。

上のほうでたくさん咲きほこっているのより。

ひとつひとつのがよくわかるじゃない。

たくさんだと、まとまり、になっちゃうし。

――幹や枝が真っ黒だから、ちょっと不気味だったり。

こぶになっていたりもして。

――昔からいろんな話が桜にはついてくる。ものがたりに織りこみやすいんだな、きっと。

――公園なんかでシートを広げお花見をしている人たち、あまり花を見てないみたい。不思議だね。

いろんな種類があるんだよ、すごい種類があって。五百？　六百？　とか。

枝にたくさんの花と、集まってる人たち、なんか似てるんだよね。ひとまとまり、で。

――そんなふうに咲く花だから、好きなのかな。似てるから、って。

まとまって咲くのはいろいろあるけど、桜みたいなのはなさそうだし。

――終わりかけたときの葉桜も。

地面に落ちているのだって。あ、そういえば、そんなときに歩いて、部屋に帰ったときに、花びらが一枚だけ袖から、とか、バッグから、とか、なのがまた、ね。

サイェは、さくらさく、さくらさく、と小さく、小さく口のなかでころがしている。こちらは、めいがさくらめぐって、と合いそうで合わない音をころがしながら。

いる　いない

――これ、なに？

――なんだろね。

――こんなこと、言ったかな？　あったかな？

――あったかもしれない。なかったかも、しれない。

――おぼえてない。そのうち、おもいだすのかも。

――そうだね。

――ここ、にはあるんだ。

――いる、のかな？

――いるんじゃない？

――ここに。

――よんでくれたひとに。

ふり　かえり（あとがきのような……）

わすれている
おもいだす
おそわる
あらためて知って

　十年かけてひとつのシリーズを書くなんてはじめてだった。それぞれは短く、書き足したもの、前置きのようなものをふくめて五十になった。とりあえず季節ごとにまとめてみたが、そうだな、すこしずつ、週に一篇ずつ読んでいけばちょうどいいくらい、か。「レントよりゆっくり」と。

『ろうそくの炎がささやく言葉』（勁草書房、二〇一一年八月）は、「東日本大震災」復興支援チャリティ書籍。ろうそくの炎で朗読して楽しめる詩と短篇のアンソロジー。東北にささげる言葉の花束で、管啓次郎、野崎歓が編者となり三十一名がことばを寄せた。声をかけられ、震災のとき、声にだしてよまれてもいいような、というところで、「めいのレッスン」は生まれた。

『ろうそくの炎がささやく言葉』の朗読会は何度か開催された。本に書いたものをそのまま読みもしたが、サイェはそこにとどまってはいられずに、ひとつ、またひとつ、とあたらしいテクストが派生してきた。

「けいそうビブリオフィル」で連載をするのは、と声をかけていただいて、せっかくの機会だし、と二〇一六年三月から二〇一七年六月まで不定期に執筆。

あいだ、『しっぽがない』が書かれ、二〇一九年に出版された。ここにサイェはでてこないけれども、子どもの、また若き紗枝が姿をあらわす。この年には戯曲『すぴぃくろう』も書き、この校正をすすめているあいだ、坂手洋二演出の燐光群で稽古がすすみ、新宿シアタートップスで上演されている。戯曲の終わりには震災がわずかにふれられて。

新型感染症なるものが猛威をふるい、老母をひとりでおけなくなり、ほとんどの時間を実家で過ごすようになった。はなれていたあいだよそよそしかった家屋や庭は、すこしずつすこしずつからだになじみ、みじかくない歳月の本音をもらすようになった。くたびれはじめていたのはここにあるものだけではないはずだった。

しばらくあいだがあいたけれど、十年経ったでしょう、とサイェがささやく。そうか、あっというまだったな、とおもいながら、書きそびれていたことをすこし書き足した。『しっぽがない』にひっぱられるところもあったかもしれない。そんなふうにしてこのかたちへと。
「けいそうビブリオフィル」はよこがきで、文字の色も凝っている。カラー写真もはいっている。本になるとたてがきになり、写真はむずかしい。編集を担当してくれる足立朋也さんと相談し、絵をいれることにした。どなたにお願いしようか悩んだが、灯台下暗《もと》し、ひとのつながりは大切だな、と若いアーティストからカットをいただくことになった。

担当の足立朋也さん、青土社社主の清水一人さん、装幀家の北村陽香さん、お忙しいなか、希望を叶えてくれた松橋歌瑠さん、もともとのきっかけをつくってくださった勁草書房の関戸詳子さん、『ろうそくの炎がささやく言葉』のおふたりの編者に、お礼を記します。ありがとうございました。
そう、「けいそうビブリオフィル」はそのままのかたちで読むことができる。べつの生をおくっている——

二〇二二年　如月　二月二十二日

小沼純一

小沼純一

（こぬま・じゅんいち）

1959年東京都生まれ。早稲田大学文学学術院教授。専門は音楽文化論、音楽・文芸批評。第8回出光音楽賞（学術・研究部門）受賞。創作と批評を横断した活動を展開。近年の主な著書に『武満徹逍遥——遠ざかる季節から』（青土社）、『音楽に自然を聴く』（平凡社新書）、『本を弾く——来るべき音楽のための読書ノート』（東京大学出版会）、『映画に耳を——聴覚からはじめる新しい映画の話』（DU BOOKS）ほか。創作に『しっぽがない』（青土社）、『sotto』（七月堂）などがある。

ふりかえる日《ひ》、日《び》
——めいのレッスン

2022年3月11日　第1刷印刷
2022年3月30日　第1刷発行

著者　小沼純一
発行者　清水一人
発行所　青土社
〒101-0051 東京都千代田区神田神保町1-29 市瀬ビル
電話 03-3291-9831（編集部）
03-3294-7829（営業部）
振替 00190-7-192955

印刷・製本　双文社印刷
ブックデザイン　北村陽香
装画・挿絵　松橋歌瑠

ISBN978-4-7917-7450-0 C0093 / Printed in Japan